정치풍자소설
여자 대통령

책을 읽기 전에

2018년의 대한민국, 기상천외의 제10공화국은 탄생할 것인가? 국회가 없는 나라, 정치인이 없는 나라, 화폐가 없는 나라는 과연 탄생할 것인가?

50여년 간 추리 소설 작가 생활을 하면서 언제나 새로운 테마의 작품을 발표해 온 이상우의 첫 번째 정치 판타지 소설. 모바일이 인류를 지배하는 세계가 조지 오웰을 통해 공포감으로 남지 않는다는 사실을 이상우 작가는 증명합니다.

정치와 추리를 융합한 퓨전 판타지 소설은 인류의 미래, 국가의 새로운 개념을 만들어 스릴과 유머, 그리고 재미를 함께 엮어낸 새로운 형식의 소설을 탄생시켰습니다.

한국의 원로 역사 소설가이며 추리소설의 대부인 작가 이상우의 'SNS 대통령'은 신랄한 정치풍자와 함께 포복절도할 가상의 현실을 추리 기법으로 묘사하여 독자를 즐겁게 할 것입니다.

작가는 "정치에 실망한 독자들을 기상천외한 가상 정치 세계로 초대하여 웃으며 손에 땀을 쥐게 하는 작품을 펼칠 것입니다."라고 작품 성격을 설명합니다.

 언론인이며 추리작가인 이상우는 '권력은 짧고 언론은 영원하다' 는 언론 비사를 비롯한 많은 저서를 펴내 주목을 받았을 뿐 아니라, '컴퓨터 살인' '악녀 두 번 살다' '안개도시' '신의 불꽃' 등 200여 편의 추리소설을 발표, 한국 대표 추리 작가로 꼽힙니다. 또한 '김종서는 누가 죽였나' '대왕세종' '정조대왕 이산' 등 역사 소설가로도 활약하고 있습니다.

 한편 이상우 작가는 50여년 동안 언론계에 종사하여 한국 최장 현역 언론인이기도 합니다. 일간스포츠, 스포츠서울, 스포츠투데이, 굿데이 등 스포츠 신문의 귀재로, 한국일보, 서울신문, 국민일보, 파이낸셜 뉴스 등의 최고 경영자로도 유명합니다.

차례

정치 풍자소설
이상우 지음

정치 풍자소설
이상우 지음 **차례**

정치풍자소설
여자 대통령

문지사

남당(男黨) 대 여당(女黨)

대한민국 헌법이 1987년 제9차 대통령 직선제 개헌 이후 31년 만에 다시 개정되었다. 2018년, 이로써 제10공화국이 탄생했다.

"졸라, 정말 웃기는 헌법이 다 있어. 뭐, 남당과 여당이라고?"

"남당에는 남자만 가입 자격이 있고 여당에는 여자만 가입 자격이 있다고 ⋯⋯"

제10차 개헌안이 공포되었을 때 많은 사람들이 한 마디씩 했다.

"세상에 뭐 이런 나라가 다 있어?"

"정치가 오죽했으면 이런 개헌안이 나왔겠어?"

"하긴 보수니 혁신이니, 종북 좌파니 뭐니 하며 머리끄덩이 쥐고 싸우는 정치인이 얼마나 웃음거리였으면 나라의 정치를 이런 식으로 바꾸려고 하겠어."

"맞아. 자기 패거리밖에 모르는 정치인들이 국민을 위한 무슨 정책이 있어서 싸우겠어?"

"남자와 여자는 엄연한 차이가 있지. 생리적으로도 확 다르니까 전혀, 다른 정당이라고 할 수 있어."

모든 국민들은 둘만 모이면 개헌안을 조롱거리로 삼았다.

그러나 이 이상한 개헌안은 모바일 국민투표에 의해 찬성 65.2%대 반대 30.8, 기권 4%로 통과되었다.

일류대학을 나오고도 일자리가 없어 대리운전을 하고 있는 주경진은 이번 개헌에 나름대로 기대를 걸었다. 그는 대학을 나오고도 취직이 안 되자 부모 노후자금까지 털어 대학원을 다녔다. 3년이 걸려 석사학위를 받았지만 그래도 일자리가 없어 다시 박사과정까지 다녔다.

그리고 간신히 얻은 일자리가 서울 집에서 2시간이나 가야 하는 충북 어느 작은 지방 도시의 대학 강사였다. 한 학기를 죽어라 하고 다녔지만 차비도 안 되는 강사료 때문에 빚만 지고 말았다.

그 뿐 아니라 다른 직장에도 몇 번 면접을 보았으나 그놈의 독심술 때문에 번번히 떨어졌다. 주경진은 모바일에 자주 쳐들어오는 스팸 광고 중에 독심술을 배우라는 한 광고를 보고 우연히 찾아갔다. 거기서 만난 여학생 문지수 때문에 독심술을 배우게 되었다.

문지수의 아버지 문국당 교수라는 독심술 연구 소장은 처음부터 주경진을 완전히 홀렸다. 주경진은 머리 속을 훤히 들여다보는 것 같은 원장에게 완전히 말려들어갔다. 그 길로 독심술을 배우기 시작한 주경진은 제법 전문적인 경지에까지 이르렀다.

그것이 끝내는 탈이었다. 대기업에 면접을 보러 가서도 면접관의 머릿속을 조금은 엿볼 수가 있었다. 그 결과 주경진은 앞질러 대답을 했다. 그러나 생각을 들킨 면접관들은 주경진을 번번히 이상한 사람으로 보고 탈락시켰다.

주경진은 공사판 인부, 퀵서비스 배달원 등 여러 직업을 전전했으나 빚이 줄지 않았다. 물론 여자도 몇 명 사귀었으나 장래가 꽉 막혀 보이는 주경진 곁에 머물러 있지 않았다.

끝내는 고현지, 강해정 같은 학교 후배들도 모두 떠났다. 그러나 주경진 보다는 11살이나 아래인 문지수만은 요즘도 그를 자주 찾아왔다.

"넌 나이도 아깝지 않니? 이제 내 곁에서 떠나도 돼."

문지수는 그럴 때마다 고개를 끄덕이고 돌아섰지만 일주일도 못 가 다시 주경진 앞에 나타났다. 주경진은 그녀가 싫어서가 아니고 얼굴을 보기만 하면 죄책감이 되살아나서 못 견딜 것 같은 감정에 멀리 도망가고 싶었다.

몇 년을 목숨 부지하기에 시달리다가 그나마 좀 나은 일자리라고 잡은 것이 대리운전이었다. 대리운전은 출근 시간이 일정하지 않기 때문에 문지수로부터 도망 갈 수 있어서 좋다는 생각이 들었다.

한편 주경진은 세상이 이래서는 안 된다고 생각하는 회의론자였다. 모든 잘못의 근원은 정치에 있다는 것이 그의 판단이었다. 이 나라는 정치가 만사이고 지배한다. 그러니까 정치가 바뀌지 않으면 사는 방법이 나아질 수 없다는 생각이 들었다.

민주주의의 꽃인 양당제도, 그것이 남자의 당과 여자의 당으로 구성된다면 그보다 더 이상적인 선거제도가 어디 있겠는가.

남당과 여당 개헌안이 나왔을 때 주경진은 정말 좋은 세상으로 바꿀 수 있는 방법이 나왔다고 생각했다. 그러나 다른 사람들은 냉담했다.

"정치판이 뭐 개코이냐?"

"별 용감한 녀석들이, 아니 미치광이들도 다 있군."

모두들 이렇게 빈정댔다. 그러나 국민투표일이 다가올수록 사람들의 생각은 점점 바뀌는 것 같았다.

국민투표도 새로운 방식인 모바일로 이루어졌다. 모든 국민이 100% 이상 모바일을 가졌으니 손가락만 몇 번 터치하면 투표가 끝나는 일이었다. 물론 투표소에 갈 것도 없고 투표지를 일일이 점검해서 밤 새워 집계하는 개표도 필요 없었다.

국민투표가 끝나는 오후 6시가 땡 하고 울리기가 무섭게 중앙선관위의 메인 컴퓨터가 집계를 내뱉었다. 옛날 방송에서 출구조사 발표하던 때와 비슷했다. 그러나 이것은 예상이 아니라 실제 상황, 레알 뉴스였다.

제10차 개헌안 찬성 65.2%로 가결되었습니다!

유권자들이 장난삼아 눌렀는지 실수로 눌렀는지 모르지만 이렇게 해서 이 나라에는 일대 정치변혁이 일어났다. 전 국민적인 센세이션이었기에 개헌안이 통과된 지 두 달 만에 정당이 탄생했다.

남당 중앙당과 여당 중앙당이 국회 안에 자리를 잡았다. 남당 깃발 아래 모인 18세 이상 남자 당원은 두 달 만에 5백만 명을 넘어섰다. 여당도 처음에는 부진했으나 마감 날 우르르 몰려들어 511만 명에 이르렀다.

우리나라 남녀별 인구 분포와 비슷했다.

　주경진은 정당 등록 첫날 국회 남당 사무실로 찾아가 당원으로 등록했다. 모바일로 등록하면 사무국까지 찾아 가지 않아도 되지만, 다른 생각이 있어서였다.

　"이거 제 명함인데, 대리운전 필요하면 연락 주세요. 같은 당원 아닙니까."

　주경진은 대리운전 전화번호가 적힌 명함을 당원등록을 받는 사무직원에게 건네주었다. 남자당답게 사무직원 중에 여자는 없었다.

　"잠깐만요."

　사무직원은 주경진이 낸 입당 서류를 보다가 말을 건넸다. 턱수염을 짧게 기르고 이마가 약간 벗어진 사무직원은 나이를 짐작하기 어려웠다. 이번에는 아예 독심술 같은 어설픈 수작은 하지 않았다.

　"왜요?"

　주경진은 명함을 더 달라는 줄 알고 메고 다니는 백으로 손이 갔다.

"주경진 씨는 학력이 넘 좋습니다. 우리 당에서 일 좀 하시지 않겠습니까?"

사무직원이 뜻밖의 제안을 했다.

"예? 제가요?"

주경진은 정말 생각지도 않게 정당에서 일을 보게 되었다. 그것도 자기가 전공한 경제 분야의 정책실에 배치되었다.

양당제도가 확연히 자리를 잡고 두 달 뒤에는 대통령 선거가 실시되었다.

국회도 없는데 무슨 대통령 선거를 하느냐고 말도 안 된다는 비난이 쏟아지기는 했으나 개정헌법에는 대통령을 뽑은 뒤에 국회의원을 선출하도록 되어 있었다.

"대통령 선거도 모바일로 하나요?"

많은 사람들이 선거관리위원회에 질문을 했으나 정말 몰라서 하는 질문은 아니었다.

대통령 선거도 모바일 투표시간이 끝나자마자 모든 방송과 인터넷 모바일에 일제히 결과가 쏟아져 나왔다.

-여자 대통령 탄생, 여당의 승리!

여당은 집권 여당(與黨)이 아니라 여당(女黨)이었다. 모든 여자 유권자들이 여자 대통령 후보에게 투표했기 때문이다.

허벅지 스캔들

여기서 대통령 선거가 끝나기 전의 사정을 좀 살펴보자.

대통령 선거가 공고되자 남당 정책 개발실의 주경진은 선거 대책위원회에 발탁되었다. 남당 중앙당의 정책 개발 아이디어 모집에 낸 그의 제안이 주목을 받았기 때문이다.

주경진의 여러 가지 선거 공약 중에서 주목을 받은 것은 '그림자 내각' 즉 새도우 캐비넷(shadow cabinet)제도였다.

그림자 내각이란 대통령 후보가 집권을 예상하여 총리와 각부 장관을 미리 발표하는 제도이다. 따라서 예비후보가 된 국무위원들은 자신의 정치 이념이나 정책을 미리 발표하여 내각 전체가 국민의 선택을 받는 제도이다. 그림자 내각이란 말이 처음 나온 것은 1907년이었다. 영국의 보수당 체임벌린이 처음 거론했다.

주경진은 대학의 정치학 개론 시간에 괴짜 정치학 교수인 최재우 교수로부터 이 강의를 귀가 따갑도록 들었었다. 그러니까, 이 정책의 오리지날은 물론 주경진이 아니었다.

대통령 후보 한 사람의 인기에만 모든 것을 걸기보다는 여러 사람이 집단으로 정책을 내놓는 후보에게 유리할 수도 있었다.

더구나 여당에서는 누가 뭐래도 따를 수 없는 막강한 대통령 후보인 오혜빈이 있기 때문에 남당에서는 비상한 방법을 쓰지 않고는 이기기 어렵다는 판단을 하고 있었다.

남당의 대통령 후보로 뽑힌 공대성는 남당 당원의 23%에 불과한 모바일 지지를 얻어 후보가 되었기 때문에 70% 이상의 여당원의 지지를 받은 오혜빈 후보와는 상대가 되지 않는 상태였다.

대선 전략을 짜기 위해 온갖 묘책을 다 짜낸 남당에서는 주경진의 그림자 내각 안이 가장 뚜렷한 정책의 변화였다.

주경진은 대통령 후보인 공대선이 주재하는 최고 전략 회의에 갑자기 불려갔다.

"자네가 주경진인가?"

"예."

"나를 어떻게 생각하나?"

공 후보가 예상하지 않은 기습 질문을 했다. 주경진은 독심술을 활용해 공 후보의 생각을 슬쩍 보았다. 낙선의 공포로 가득 차 있었다.

"떨어질 것입니다."

주경진의 충격적인 대답에

"뭐야?"

"저 사람이..."

"멘붕!"

모두가 놀랐다.

그러나 공대성 후보는 아무 말도 않고 한참동안 주경진을 쳐다보다가 입을 열었다.

"왜 그렇게 생각하나?"

"논리적으로 남당 숫자가 여당 숫자를 못 따라갑니다. 그런데 승패를 가르는 중요한 요인은 여당의 여성 유권자가 오혜빈 후보를 버리고 공대성 후보를 얼마나 누르느냐에 있습니다."

"누르다니?"

공대성 후보가 물었다.

"모바일 예스 키를 누르는 것을 말씀드렸습니다. 남당의 표, 즉 남자 유권자만으로는 절대 이길 수 없다는 뜻입니다."

주경진은 지금 이 자리에서 이 기회에 인정 받지 못하면 장래가 없다는 각오로 대답했다.

"그러면 자네의 전략은 무엇인가? 새도우 캐비닛?"

"그렇습니다. 그것은 여당과 차별화된 공약입니다. 오혜빈이라는 여자 한 사람에게 우리 남자들은 수십 명이 집단으로 대들어야 합니다."

"그게 그림자 내각이란 말이지."

"그림자 내각은 대통령 임기가 끝날 때까지 운명을 같이 해야 하는 것입니까?"

대통령 후보 경선에서 차점으로 떨어진 정문오 위원이 물었다.

"그야 정하기 나름입니다만, 수시로 모바일 투표로 국민의 의견을 물어 볼 수도 있습니다."

"그림자 내각을 공약으로 내 건다는 것은 위헌의 소지가 없나요?"

다른 위원이 물었다.

"헌법과는 상관없습니다. 당에서 정책으로 채택하느냐 않느냐의 문제입니다. 그런데 제가 좀 앉아서 말씀드리면 안 될까요?"

공대성 후보가 황당한 표정으로 주경진을 바라보다가 손가락으로 빈 자리를 가리켰다.

"저기 앉아도 되요."

주경진은 모로 걸어가 의자에 앉았다.

"또 다른 정책은 무엇인가?"

정문오 의원이 다시 물었다.

"만약에 공대성 후보께서 덥썩부리 수염을 기르지 않았다면 남당 경선에서 과반수를 얻었을 것입니다."

"뭐야?"

모두가 또 기막히다는 표정이 되었다. 한참만에 공대성 후보가 물었다.

"무슨 뜻인가?"

"모든 남자는 여자를 연인이나 친구, 혹은 가족과 같은 친근감을 가지고 바라봅니다. 하지만 남자는 모든 남자를 적으로 생각합니다. 적이 아니라도 경계의 대상으로 간주합니다. 특히 성(性)적인 입장에서는 더욱 그렇지요. 그런데 공 후보의 수염은 남성적 매력에 상당한 가산점을 줍니다. 따라서 남자는 성적인 경쟁자를 경계하기 때문에 선 듯 찬성의 표를 누르지 않습니다."

"말도 안 되는 소리."

"현대판 프로이트가 나왔군."

모두들 한마디씩 했다.

"닥치시지."

그때 정문오가 버럭 화를 냈다. 그의 별명인 '버럭 정'의 본 모습을 보였다.

"그럼 이 수염이 여성들이 모바일을 누르게 하는 무기가 될 수도 있겠구먼."

공대성 후보는 자기 수염을 양반 흉내라도 내듯 쓰다듬으며 빙그레 웃었다.

"하지만 그 정도의 남성적 매력으로 여당 오혜빈 후보의 여성적 매력을 따를 수야 없지요."

모두 한동안 아무 말도 하지 않았다. 올해 서른아홉인 오혜빈은 미인은 아니지만 무엇이라고 표현할 수 없는 친밀감을 주었다. 개정헌법에는 20대도 대통령 피선거권이 있다.

"오혜빈에게 성적 매력이 있다고?"

"허벅지 스캔들이나 만드는 천박한 여자가 무슨 성적 매력이야!"

정문오가 입을 삐죽거렸다.

"허벅지 스캔들?"

다른 위원들이 처음 듣는 것 같았다.

"아직 못 들으셨어요? 트위트나 페이스북, 심지어 카톡, 요즘에도 더러 올랐는데."

　정문오 위원이 어깨를 으쓱해 보였다.

　주경진도 며칠 전 오혜빈 후보의 허벅지 스캔들에 대해 문지수로부터 들은 말이 있었다.

　주경진은 남당의 사무국 요원으로 취직한 뒤 여의도의 11평짜리 오피스텔로 이사를 갔다. 반려견 홈즈도 함께 갔다. 몇 달 전 분당 중앙공원에 산책을 나갔다가 길 잃은 강아지 한 마리를 발견하고 데리고 와서 지냈다. 시추종인 체중 5킬로그램짜리 강아지는 퍽 영리했다. 시추는 온 집안을 하루 종일 킁킁거리며 냄새를 맡고 다녔다. 함께 데리고 나가면 낯선 풀포기만 봐도 킁킁거렸다.

　주경진은 꼭 수사하는 탐정 같다는 생각이 들어 이름을 셜록 홈즈에서 따와 홈즈라고 불렀다. 혼자 사는 원룸에 함께 지내면서 홈즈를 꼭 사람처럼 생각하고 보살폈다. 외로움이 덜했다. 주경진은 독심술을 홈즈를 향해서도 실험해 보았다. 신통하게 홈즈의 생각을 맞힐 때가 많았다.

　이사한 다음 날 문지수가 용케 알고 찾아왔다.

　"어? 지수야. 여긴 어떻게 알고?"

　주경진은 당혹스럽기도 하고 반갑기도 했다.

　그 자리에서 문지수가 오혜빈의 선거 캠프에서 일하고 있다는 사실을 처음으로 알게 되었다. 자신과 정반대의 입장에 서게 된 것이었다.

주경진은 그날 밤 오랜만에 홈즈가 멀거니 지켜보는 가운데 문지수와 정사를 나누었다. 그때 문지수로부터 오혜빈의 소위 허벅지 스캔들에 대해서 이야기를 들었던 것이다.

멘붕연대

　여당의 오혜빈 대통령 후보가 대통령으로 당선되기 전의 일이었다. 2018년 7월 여당의 후보로 전국을 누비며 한창 선거 운동을 할 시기였다.

　주경진이 문지수로부터 전해 들은 이야기는 황당한 내용이었다. SNS의 전파력이 강한 이 시대에 유력한 대통령 후보에 관한 이야기는 삽시간에 지구를 몇 바퀴 돌 정도로 빠르게 전파되었다.

　오혜빈의 선거 캠프에서 주로 비서 일을 하고 있던 문지수가 파악한 내용은 대체로 두 갈래였다.

미혼인 오혜빈 후보에게 연하의 남자 애인이 있는데 그 사실을 숨겨왔다는 것이다. 또 하나는 그 애인이 동성연애자이고 유명 여자 탤런트라는 사실이었다.

이 두 가지 이야기는 삽시간에 가지를 쳐서 여러 갈래로 퍼져나갔다. 그 중에 가장 거북한 이야기는 동성애자인 탤런트 강로리와 사랑의 맹세를 하는 표시로 허벅지에 하트 문신과 이름의 약자를 새겼다는 것이다. 탤런트 강로리는 최근 정치에 뜻을 두고 있다는 소문이 난 여자였다.

또 한 갈래의 이야기는 숨겨 온 애인이 연하의 남자인 저명 대학의 물리학 교수 양천수라는 것이다. 양천수는 오혜빈이 나온 대학의 물리학과 3년 후배로 평소 오혜빈의 아버지 오종현의 비서로 일했다. 물론 여당과 남당의 양당시대가 되기 전의 일이었다.

오혜빈의 아버지 오종현은 군인 출신으로 군사혁명 때 육군 중위로 혁명군 측에 서서 승승장구하여 고위직에까지 올랐던 고위 공무원이었다.

"허벅지 문신 이야기가 맨 처음 나온 진원지가 어디일까?"

주경진이 샤워를 끝낸 뒤 머리 손질을 하고 있는 문지수에게 물었다.

"여러 소스를 추적했는데 가장 의심 가는 서버는 멘붕연대였어요."

"멘붕연대?"

멘붕연대는 남녀 양당제 개헌을 맹렬히 반대해 온 극단적인 시민운동 단체였다. 반체제 영화감독으로 유명한 방용환을 중심으로 주간 연예지 기자 출신들이 모여 모바일 위주 SNS 사이트를 운영하고 있는 시민운동 단체다.

"멘붕이라면 극단적인 화제만 골라서 SNS에 올리는 단체 아냐?"

"맞아요. 오혜빈 후보를 아주 저질 정치인으로 만들려는 것이지요."

"멘붕의 목적이 무엇이야? 그렇다고 멘붕연대가 남당의 공대성을 대통령으로 미는 것도 아니잖아?"

"일단 폭로해서 주목을 끌자는 작전이겠죠."

문지수가 열심히 화장을 하면서 대답했다. 곧 돌아가야 할 모양이었다.

"그래서 여당 캠프에서는 그에 대해 어떤 대응책을 세우고 있는 거야?"

"오 후보의 해수욕장 사진을 기자들에게 공개하려고 하나 봐요."

"해수욕장 사진? 그러니까 해수욕복을 입고 있으므로 해서 허벅지가 잘 드러난 모습을 자연스럽게 보여준다 이거지?"

"예."

"흠. 남당 유권자들의 눈요기 감이 되겠군. 어때? 오 후보 몸매는 볼만한가?"

주경진이 문지수의 엉덩이를 슬슬 쓰다듬으면서 웃음을 흘렸다.

"옷 갈아입는 일을 몇 번 도와주었는데 아주 괜찮아요."

"유이냐, 신세정이냐? 아님⋯⋯ "

주경진이 이번에는 문지수의 입술을 갑자기 덮치면서 빠르게 물었다.

"왜 이러세요. 아직 샤워한 몸이 마르지도 않았어요."

문지수가 몸을 빼면서 말했다.

"아, 미안. 어쨌든 유권자들이 대통령 후보 육체미 감상 잘하게 생겼네. 언제 공개한다는 거야?"

"적당한 사진을 고르고 있나 봐요."

"그렇다면 멘붕연대를 명예훼손으로 고소한다는 이야기도 나오겠군."

"오늘 아침에 법무 팀에서 검토한다고 보고하더군요."

"지수는 모든 회의에 다 참석하는 거야?"

"대체로 그런 셈이지요. 오 후보는 사람을 의심하는 버릇이 도를 넘을 정도예요. 그래서 믿는 사람 외에는 접근을 못하게 하거든요."

"지수는 어떻게 해서 그렇게 신임을 얻었어?"

"아버지 덕분이죠. 아버지가 오 후보의 부친인 오 장군과 친했을 뿐 아니라, 한때 오장군은 아버지한테 독심술 교육을 받은 적도 있거든요."

"하긴 아버지 문국당 교수님 추천으로 지수가 그 캠프에 들어갔으니까."

주경진은 그제야 문 교수와 오혜빈의 아버지가 가깝게 지냈던 것이 생각났다.

"그만 저는 가 봐야 해요."

문지수가 얼굴을 대강 다듬고 일어섰다. 좁은 원룸이 두 사람과 강아지 홈즈가 일어서자 꽉 차 보였다. 홈즈는 문지수를 쳐다보며 계속 꼬리를 흔들었다.

"홈즈야, 간다."

문지수가 재빨리 현관문을 닫고 사라졌다.

채 1분도 지나지 않아 주경진이 황급히 핸드폰 버튼을 눌렀다.

"지수야. 잠깐만, 오 후보가 기자 회견하기 전 나한테 먼저 알려줄 수 있니?"

"뭐 하게요"

"나도 우리 캠프에서 점수 좀 따야지."

" 그럼 스파이 노릇을 하라는 말인가요"

"그걸 우리가 한두 시간 먼저 안다고 무슨 수가 생기는 것은 아니야. 다만 내가 그 정도 능력이 있다는 것을 인정 받아 입지를 굳혀야 한다는 뜻이야."

"오빠가 입지를 굳혀서 다음에 할 일이 무엇인데요?"

"알았어. 알려주지 않아도 돼."

주경진은 소리를 꽥 지르고는 모바일을 꺼버렸다.

이튿날 모든 매체에 오혜빈의 해수욕장 수영복 사진이 공개되었다. TV에서는 해변을 걷는 그녀의 모습이 30초쯤 공개되었다.

오렌지색 원피스 수영복을 입은 오혜빈이 해변을 천천히 걸어 나오는 동영상이었다. 위에는 하얀 수건으로 어깨를 감싸고 있고 하체는 허벅지가 매혹적으로 깊이 드러나보였다.

"와! 몸매 끝내준다."

남당 캠프의 요원들이 티비 화면을 뚫어지게 몇 번이나 리플레이해 보면서 감탄했다. 아무리 보아도 허벅지 피부가 희고 윤기가 촉촉히 흐를 뿐 문신의 흔적은 없었다.

멘붕연대의 폭로는 참패를 하는 것으로 보였다. 그러나 그것이 거기서 끝나지 않았다.

- 오혜빈의 해변 사진은 속임수다. 그 사진은 2년 전 사진이고 문신은 지난 연초에 했다는 증거가 있다.

발신지가 멘붕연대로 보이는 폭로 문자가 모든 모바일에 쏟아졌다.

다시 다음날, 여당은 반격에 나섰다.

여당 대통령 후보 오혜빈의 특별 기자회견이 육삼 빌딩 컨벤션 홀에서 열렸다.

모든 매체의 사진기자들이 구름처럼 몰려들었다. 가장 유력한 대통령 후보, 미혼의 여자가 몸매를 공개한다는 절호의 기회를 놓칠세라 모든 방송국의 촬영 팀은 평소의 세 배가 넘게 동원되었다.

회견 시간이 예고된 오후 6시가 가까워오자 천여 명이 들어갈 수 있는 컨벤션 홀이 꽉 차서 발 디딜 틈이 없었다.

무대 위에는 연설 대 하나만 놓여있고 배경은 하얀 스크린이 쳐져 있었다. 마침내 회견장 정면 벽에 있는 커다란 시계가 여섯 시를 알렸다.

용감한 녀석들

남당(男黨)의 대선본부. 공대성 후보를 비롯한 선대위원들이 커다란 스크린 앞에 모여 앉았다. 앞줄에 공대성 후보를 비롯해 정문오 등 당 요직 인사들이 나란히 앉았다.

주경진은 중간쯤 옆 자리에 사무국 다른 간부들과 함께 앉았다. 6시 정각이 되자 정면 대형 스크린에 텔레비전 화면이 나타났다. 모든 방송이 육삼 빌딩의 오혜빈 기자회견을 중계하고 있기 때문에 어느 방송인지는 중요하지 않았다.

기자 회견장 정면에 있는 대형 스크린에 돌연 출렁거리는 파도가 힘차게 앞으로 몰려왔다. 성난 파도가 혀를 널름거리며 회견장을 덮칠 듯이 다가왔다. 회견장 안의 기자들은 갑자기 덮치는 파도에 욱! 하고 숨을 들이쉬었다.

성난 파도가 지나자 스크린에는 오렌지빛 수영복을 입은 여자가 멋지게 자유형 수영을 하면서 앞으로 다가왔다. 바다에서 파도를 헤치고 해변 모래사장으로 들어오는 장면이 이어졌다.

여당의 대통령 후보 오혜빈이었다.

오혜빈이 모래사장에 발을 딛자 멋지게 농익은 여체가 모래 위에 파르테논 신전의 돌기둥 같이 곱게 다듬어진 다리를 세우고 우뚝 섰다. 강렬한 햇볕이 그녀에게 쏟아졌다.

"와! 짱이다."

공대성 캠프에서 중계를 보고 있던 대선위원 한 사람이 감탄했다. 공대성은 못 들은 척했으나 표정으로 보아 기분이 좋은 것 같지는 않았다.

스크린에서는 모래 위를 맨발로 천천히 걸으며 바다에서 걸어 나오는 오혜빈의 모습을 한참 동안 보여주었다. 며칠 전에 보도 자료로 돌린 수영복 동영상은 이 장면에서 한 컷을 따온 것임을 알 수 있었다.

모두 완벽하게 드러난 오혜빈의 허벅지를 뚫어지게 눈여겨보았다. 우유빛 허벅지가 바닷물을 머금어 한층 더 육감적으로 보였다. 위로는 결코 비만이라고는 할 수 없는 적당히 살이 오른 허리와 그리 크지 않은 유방이 알맞게 자리하고 있었다. 30대 후반의 나무랄 데 없는 여체였다.

주경진은 공대성 후보의 얼굴을 스치듯 훑어보았다. 눈동자에서 그의 마음을 읽으려는 것이었다. 주경진이 배운 독심술은 눈동자를 통해 상대의 생각을 읽는 특별한 기술이었다.

'흠, 내 그럴 줄 알았어.'

공대성의 마음을 읽은 주경진은 소리 내지 않고 웃었다.

공대성은 아무 표정없이 멍청하게 오혜빈의 수영복 몸매를 바라보고 있는 듯한 멍청한 표정이었다. 그러나 주경진은 표정과는 너무도 다른 공대성의 머릿속을 읽었다.

공대성은 침대 위에 누워 있는 아내의 벗은 모습을 떠올리고 오혜빈의 몸매와 비교를 하고 있는 중이었다.

'응큼한 정치인 같으니.'

주경진은 이번에는 정문오 위원의 눈동자를 들여다보았다. 정문오 위원은 호기심이 가득 찬 눈으로 입을 반쯤 벌리고 오혜빈의 몸매 구석구석을 살펴보고 있었다. 주경진은 그의 눈동자를 통해 그의 머릿속으로 들어가 보았다.

'ㅋㅋㅋ, 이럴 줄 알았어.

정문오는 오혜빈의 수영복을 하나씩 벗기고 있었다. 완전 나체가 된 오혜빈의 몸매를 상상하며 타는 듯한 숨을 가쁘게 쉬고 있었다.

특히 오혜빈의 허벅지에 초점을 맞추고 뚫어지게 보다가 초점이 차차 위로 올라가면서 양쪽 허벅지가 이어지는 부분에서는 아예 수영복을 걷어낸 상상을 하고 있었다.

주경진은 여자라면 눈 한 번 깜빡이지도 않는 냉혈동물 같은 사무총장 배덕신의 얼굴을 보았다. 그러나 보기와는 아주 달랐다. 그는 가장 친한 친구의 부인인 조미영과 오혜빈이 발가벗고 엉겨 있는 동성애 장면을 상상하고 있었다.

배덕신은 조미영을 짝사랑해서 볼 때마다 음흉한 상상을 하지만, 자기 마음을 들킬까봐 엄하게 표정 관리를 하는 사람이었다.

주경진은 대통령 후보가 된 사람이나, 대통령을 꿈꾸는 사람이나 머릿속은 모두 건달들이나 할 수 있는 생각을 다 함께 하고 있다고 여겨졌다.

육삼 빌딩 회견장의 단상이 바뀌었다. 스크린 위를 누비던 수영복 차림의 오혜빈 영상이 사라지자, 돌연 단상에 오혜빈 후보가 나타났다.

"와, 오 후보다."

"오혜빈! 오혜빈!"

갑자기 여기저기서 함성과 박수와 연호가 터져 나왔다.

오혜빈은 연두색 롱 코트를 입고 나타났다. 희게 반짝이는 굽 낮은 구두와 목에 두른 하얀 스카프가 오혜빈을 청초하고 단아하게 보이게 했다.

그때 주경진은 문지수가 의상 코디를 한 것이 아닌가 하는 생각을 했다.

"여러분, 안녕하세요. 여당의 대통령 후보 오혜빈입니다."

오혜빈을 모르는 사람이 여기 있을까? 그러나 오혜빈은 겸손하게 자기 소개를 하고 허리를 깊숙이 굽혀 절을 했다.

"모든 유권자가 저한테 바라는 것이 무엇인가를 잘 알고 있습니다. 또한 우리 여당 유권자보다 남당 유권자가 무엇을 보고 싶어 하는지도 잘 알고 있습니다. 이 나라 국민이 장차 어떻게 해야 행복하게 사는가 하는 정치공약이나, 앞으로 5년 동안 경제 성장률을 얼마까지 달성할 것인가 하는 공약 같은 것보다는, 오혜빈의 허벅지에 무슨 타투(문신)를 새겼느냐 하는 것에 훨씬 더 호기심을 가지고 있다는 것을 잘 압니다."

"오혜빈, 정말 민심을 읽는 천재다!"

누군가가 소리치자 모두 한마디씩 했다.

"오혜빈, 빨리 벗어라!"

"벗어라!"

"벗어라!"

회견장이 갑자기 열기를 띠었다. 모두 박수를 치고 리듬까지 타면서 합창을 했다.

 모두가 제정신이 아닌 것처럼 보였다. 예전에 나훈아라는 가수가 기자 회견장에 나와 바지 허리끈을 풀고 거시기를 보여주겠다고 제스추어를 쓰던 일을 모두 생각했다.

 설마 오혜빈이 옷을 벗겠느냐는 엉뚱한 생각을 했다. 그러나 모두의 예상은 빗나갔다.

 오혜빈 후보가 돌연 입고 있던 연두색 가운 앞자락을 열고 가운을 활짝 벗어던졌다.

 "와!"

 하얀 비키니 수영복을 입은 오혜빈의 몸매가 드러났다. 젖가슴과 사타구니만 겨우 가린 노처녀의 빛나는 육체가 회견장을 꽉 메운 사람들의 눈을 부시게 했다. 잘 여문 과일 같은 단단한 유방과 알맞게 벌어진 엉덩이가 40에 가까운 여자라고 믿기 어려울 정도로 균형 잡힌 몸매였다.

 조금 전에 영상으로 보여준 해수욕장 모래사장을 걷는 모습과는 비교도 안 되게 아름다웠다. 회견장은 오혜빈의 나신 앞에 모두 벌린 입을 다물지 못했다.

 더 충격적인 장면은 그 뒤였다. 오혜빈이 갑자기 가볍게 단상 마루를 살짝 차고는 공중으로 휙 솟아올랐다. 다음에 머리를 허공에 둔 채 공중잡이로 한 바퀴 돈 뒤에 제자리에 오똑 섰다. 그리고 동작을 이어 두 다리를 쫙 벌려 바닥에 붙이는 다리 찢기를 완벽하게 해보였다. 비보이를 무색하게 하는 완벽한 동작이었다.

오혜빈이 초등학교 시절 비보이에 반해 춤을 배웠다는 것을 아는 사람은 많지 않았다.

"우와!"

이번에는 탄성과 함께 장내가 떠나갈 듯 박수가 쏟아졌다. 오혜빈의 이 날 회견은 뒷날 표를 얻는데 결정적 역할을 했다는 평가를 받았다.

오혜빈의 허벅지에는 아무런 스캔들도 없었다.

남당 회견장의 분위기는 감탄이라기보다는 멘탈 붕괴의 지경에 이르렀다. 그러나 그날 이후 멘붕연대를 비롯한 시민단체는 더 많은 용감한 녀석들이 쏟아지는 파란을 겪어야만 했다.

제3정당 동당(동성애당)

오혜빈의 파격적인 기자 회견은 온 국민의 정서를 공황 상태로 몰아넣었다. 멘탈 붕괴를 훨씬 넘어서는 충격이었다. 오혜빈에 대한 이야기는 모든 직장인들의 점심시간 메뉴로 등장하기에 이르렀다.

시장바구니를 들고 마트 계산대에서 만난 주부들도 가랑이 찢기 이야기로 파안대소했다. 야구장에 모인 연인들 일단은 오혜빈의 허벅지와 공중제비를 화두로 삼았다.

초등학생, 중고등 학생들도 만나자 인사로 다리찢기 흉내를 내며 웃음보를 터뜨렸다.

온 나라가 오혜빈의 수영복 몸매로 화제가 통일되었다.

"이거 뭐야. 결국은 멘붕연대가 오혜빈 선거운동을 해준 꼴이 되었잖아."

정치 9단을 자처하는 남당의 공대성 후보는 주먹으로 밥상을 내리쳤다.

"누가 아니래요? 오혜빈은 때리면 때릴수록 커지는 여자라니까."

정문오도 화를 내는 척 했으나 속으로는 고소하게 생각하고 있었다. 후보가 되지 못한데 대한 분풀이를 은근히 하고 있었던 것이다.

그러나 오혜빈을 향한 유권자들의 감정이 모두 좋은 쪽으로만 번지지는 않았다. 우선 멘붕연대가 그들의 대표적 미디어인 스마트폰 동영상을 통해 새로운 공격을 시작했다.

꽁지머리 방용환 간사가 독설을 퍼부었다.

"오혜빈 후보는 아직도 해명해야 할 스캔들이 많이 남았다. 숨겨둔 연하의 애인 양천수에 대한 확실한 증거를 곧 터뜨리겠다."

몇 시간 뒤에 방용환이 다시 스마트폰에 나타났다. 꽁지머리 방용환은 스마트 동영상인 SNS티비에서 주로 '황당 토론회' 사회를 맡았다.

말이 토론회지 엉뚱한 정치적 제안이나, 정치인, 재벌 회장

등에 대한 폭로가 주된 내용이었다. 더러는 연예인의 깜짝 스캔들을 내놓기도 했다.

워낙 유언비어 수준의 폭로를 많이 하기 때문에 고소나 고발도 수없이 당했다. 고소를 겁내지 않아 연예계에서는 '용감한 녀석들', 약칭 '용녀' 라고 했다.

"오늘 특별한 우리 동지 한 사람을 소개합니다. 이 동지가 이번에는 오혜빈 후보가 꼼짝 못할 폭로를 할 것입니다."

이어 동영상에 탤런트 강로리가 나타났다.

"저는 만천하가 다 아는 레즈비언, 자유연애주의자 강로립니다."

"여당의 오혜빈 후보와 사귄다느니 허벅지에 서로 사랑의 문신을 새겼다느니 하고 뻥을 친 바로 그분이군요."

방용환이 빈정대기 시작했다. 그는 사람을 초대해 놓고 빈정거림으로 약을 올려서 입을 열게 하는 재주를 가졌다.

"뻥이라니요? 둘이서 같이 새긴 타투, 아니 문신이 아직 생생하게 남아 있어요."

강로리가 갑자기 입은 둥 마는 둥한 핫팬츠를 홀러덩 벗어 던졌다.

"엇! 이러면 외설로 고발당할 텐데."

"고발이라고요? 나도 용녀의 한 사람이예요. 그런 것 겁났으면 이 자리에 나오지도 않았어요."

꽃무늬가 요란한 짧은 팬티가 강로리 하반신의 중요 부분만 힘겹게 가리고 있었다.

"그렇게 용감하다면 다 보여주시지요."

방용환이 재촉했다.

"물론이죠."

강로리가 팬티 끝을 말아올렸다. 새하얀 허벅지에 푸른 윤곽이 선명한 하트 문신이 나타났다.

"와! 정말이네요."

"잘 보세요. 한글로 ㅎ과 ㄹ 글자가 보이지요?"

하트 옆에 눈에 보일듯 말듯 하게 한글 자음 2자가 새겨져 있었다.

"혜빈과 로리의 이니셜인가 보군요."

"그렇습니다. 오혜빈 여당 대통령 후보의 중요한 부분에도 이와 꼭 같은 문신이 있습니다."

강로리는 벌거벗다시피 한 아랫도리를 카메라에 무방비로 노출시킨 채 열을 올렸다.

"그런데 어제 생중계를 전 국민이 보았는데, 오혜빈 후보의 섹시한 허벅지에는 그런 게 없었지 않습니까?"

"그걸 말이라고 합니까? 꽁지머리님은 혹시 최현우 쇼를 보셨습니까?"

"마술하는, 그..."

"빙고. 허벅지 문신을 안 보이게 하는 속임수쯤이야 기본 마술 아닙니까?"

"아니, 그럼 오혜빈 씨가 마술도 하십니까? 가랑이 찢는 비보이 춤만 추는 줄 알았는데."

방용환이 일부러 놀라는 척 크게 헐리웃 액션을 보였다.

"그건 더 알아보세요. 꽁지님께 숙제로 드릴게요."

강로리는 깔깔 웃으며 말을 이었다.

"오혜빈 언니의 입장은 이해합니다. 정치 초년병 시절의 일이니까요."

"아니, 문신을 한 것은 작년이라고 하지 않았습니까?"

방용환이 눈을 크게 뜨고 며칠 전 보도된 내용을 강조했다.

"보도된 것이 모두 진실은 아니지 않습니까?"

"그러면 오혜빈 후보와 처음 사귄 것이 언제부터입니까?"

"오혜빈 후보가 정치에 막 발을 들여놓았을 무렵이니까, 10년도 훨씬 넘었군요. 우리는 비밀 퀸 클럽에서 만났습니다."

"퀸 클럽이라고요?"

"퀸이란 동성애자의 슬랭입니다. 그렇죠. 비밀 동성애 애호가 클럽에서 만났습니다. 거기서 우리는 서로 첫눈에 반했지요. 오혜빈은 나보다 한 살 위이고 머리 회전이 빨랐어요. 지적 수준, 특히 여성학에 대한 지식이 풍부했어요. 두 사람 다 추리 소설가 엘러리 퀸의 애독자라는 점도 닮았지요. 말하자면 저하고 수준이 맞았어요."

"엘러리 퀸도 동성애자입니까?"

방용환이 물었다.

"퀸이면 다 동성애인 줄 아시나요? 아닙니다. 엘러리 퀸은 탐정 이름이며 작가의 필명이죠, 사촌간인 데니와 리라는 형제가 공동 집필로 소설을 썼습니다. 우리는 특히 그의 작품 중에 '로마 모자의 비밀'을 좋아했죠."

"4촌형제간이었습니까? 그럼 데니와 리라는 호모였나요?"

"무식한 꽁지머리님, 아니라니깐요."

강로리가 답답하다는 듯 소리를 질렀다.

"어, 동성애자는 아니고 소설만 함께 썼단 말이군요. 그건 남의 나라 이야기고, 강로리 씨가 오혜빈 씨를 처음 만난 것은 언제 어디서였습니까?"

"그러니까 정확히 16년 전입니다. 내가 스물 두 살로 영화계에 처음 데뷔하던 해였으니까요."

"영화 제목이 뭐였어요?"

"'야한 여자가 출세한다'라는 영화였지요. 흥행에 실패했어요. 제목이 너무 노골적이라서 안 되었대요."

"예, 그 해 어디서 어떻게 만났습니까?"

"재벌 2세들이 모인다는 파티에 초청을 받아서 갔지요. 제가 출연한 영화의 감독이 쫑파티하러 간다고 해서 갔더니 재벌 2세들, ST아일랜드 클럽인가 seven treasure 클럽인가 뭔가 하는 사람들의 모임이었습니다. 그런데 거기에는 대한민국 VIP의 자제들이 다 모였어요. 그때 오혜빈 후보를 처음 만났어요. 우리는 첫눈에 반해 따로 나와 다른 곳으로 갔지요. 그 곳이 퀸 클럽이었습니다."

"그래서 첫날부터 스킨쉽이라고 하는"

"그건 이 다음 이야기로 남겨두어요."

"문제의 문신은 언제 했나요?"

"그건 만난 지 1,000일 되던 날에 태국으로 여행을 가서였지요. 우리는 술이 엉망으로 취해서 유명한 타투 집을 찾아갔어요."

"거기서 술김에 했군요."

"무슨 말을 그렇게 함부로 해요? 술김이라뇨?"

"죄송합니다. 그럼 그때⋯⋯"

"오혜빈은 장차 정치판에 뛰어들 것이라고 했습니다. 그리고 반드시 기존 정치판을 뒤엎고 동성애 정당을 만들 것이라고 했습니다."

"옛? 오혜빈 여당 후보가 동성애당을 주장했다고요?"

방용환은 이번에는 정말 놀란 것 같았다.

"우리 당 후보는 형님이 없다"

멘붕연대는 강로리 폭로에도 불구하고 크게 성공하지 못했다. 그러나 오혜빈 후보가 동성애자였다는 주장은 유권자들의 관심을 끌었다.

남녀 양당제로 개헌이 이루어졌을 때도 동성애자들이 제3당으로 동당을 주장했었다. 그러나 여러 가지 법률이 아직 동성 결혼을 인정하지 않고 있기 때문에 시기 상조라는 여론에 묻혀 사라졌다.

그런데 강로리가 오혜빈과 동성애당 창당을 도모했다는 폭로는 꺼진 불씨에 다시 불을 붙이는 결과를 가져왔다.

"다른 나라에서도 동성 결혼을 법적으로 허락하는 데가 많은데 우리도 이제 인정할 때가 되지 않았나?"

남당 대선본부에서 전략회의를 하던 정문오가 갑자기 공대성 후보를 쳐다보며 말을 던졌다.

정문오 위원에 대해 멘붕연대에서는 3중 인격자, 옛날 모당의 실력자 정몽준, 문재인, 이재오의 이름을 한 자씩 따서 만든 사람 같다는 평을 듣기까지도 했다.

"지금 무슨 소리 하는 거요? 우리가 갑자기 동당을 들고 나오면 남성 표만 깨지는 것이 아니고 여성표도 깨지게 돼요. 누구 선거 망칠 일 있나."

좀처럼 화를 내지 않는 공대성이 벌컥 화를 냈다.

"뭐, 그걸 선거공약으로 내 놓자는 게 아니고요"

정문오가 말끝을 얼버무렸다.

"여당에서는 희한한 공약을 내건다고 합니다."

사무총장 배덕신이 회의 분위기가 이상해지자 딴 화제를 들고 나왔다.

"무슨 공약인데?"

공대성 후보가 배 국장을 쳐다보았다.

"오혜빈 후보는 독신이라서 가족이나 친척이 별로 없습니다. 그래서 집권하더라도 친인척 비리 문제 같은 것은 크게 걱정 안 해도 된다는 발상입니다. 그런데 우리 공 후보님은

7남매에다가 부모님, 이모님, 이종사촌, 외사촌까지 친인척이 장난 아니지 않습니까?"

"거기다가 아무도 못 말리는 형님까지 계시지."

정문오가 한마디 더 거들었다.

"그러니까 뭐야? 우리는 친인척이 많으니까 비리도 많을 것이란 말인가?"

공 후보가 불쾌한 듯 마시던 커피잔을 거칠게 내려놓았다.

"전 정권을 보면 형님이 늘 문제였지 않습니까? 봉하대군 형님에다 만사형통 형님에다……"

정문오가 히죽히죽 웃으면서 말했다.

"그래서 여당에서는 어떤 공약을 내건다는 말인가?"

공 후보가 짜증 섞인 말투로 배 국장을 건너다 보았다.

"우리 당에는 형님이 없다, 우리 사전에는 만사형(兄)통도 없다고 한답니다."

"우리 당에는 형님이 없다? 그럼 우리도 내놓을 게 있지요."

듣고만 있던 주경진이 입을 열었다.

"그게 뭔데?"

공대성이 반가운 표정을 지었다.

"우리 당에는 레스비언이 없다, 이건 어떻습니까?"

"ㅋㅋㅋ"

모두 웃음을 터뜨렸다.

"그거 좋은 맞불이야. 그러면 멘붕연대에서도 좋아할 것 같은데요."

"멘붕연대뿐 아니라 '공자왈연대'나 '삼강오륜지킴이' 같은 시민단체들도 좋아할 것입니다."

배 국장이 싱글벙글 웃었다.

공자왈연대는 유교사상 확산운동을 벌이는 자칭 조선 유림의 후예들이 만든 시민운동단체였다. 전국 도덕 재무장 운동, 조상 제사 모시기 운동본부 같은 단체와 맥을 같이 하고 있다. '삼강오륜지킴이'도 성격은 비슷하지만 구성원이 한문 교육을 지지하는 교수들이 주축이 된 단체였다.

주경진은 흥미롭게 눈을 반짝이는 공대성 후보의 머릿속을 독심술을 통해 들여다보았다.

공대성의 머릿속에는 고집 세기로 유명한 형님 공쾌성의 얼굴로 가득차 있었다.

네가 대권을 잡으면 내가 꼭 할 일이 두 가지 있다.

공쾌성 형님이 유난히 큰 눈알을 부라리며 과욕과 심술이 넘치는 얼굴을 하고 있었다.

- 두 가지 씩이나요?

- 이놈아, 내가 공 씨 집안의 장남이고 부모님과 맞먹는다는 맏형이야! 그런데 뭐 떫으냐?

- 아닙니다. 두 가지를 말씀해 보세요.

- 뭐 정권 말아먹을 그런 일은 아니야. 거저 조그만 거야.

- 조그맣다고요?

- 그럼. 첫째는 간통죄를 폐지하는 일이다.

공쾌남 형은 젊은 시절 시골 이웃마을에 사는 유부녀와 눈이 맞아 동네 대나무 밭에서 여러 차례 일을 벌이다가 동네 아이들에게 들켜서 간통죄로 구속당한 일이 있었다. 공쾌성은 그 일로 농협 대리직에서 쫓겨난 것을 평생의 한으로 품고 있었다.

- 두 번째는 무엇입니까?

- 두 번째는 전국의 사채업자들에게도 협회를 만들게 해서 양성화시키는 일이다. 그러면 핸드폰에 스팸 문자로 쏟아지는 고리 사채 문제도 해결될 것 아니냐? 그리고 내가 금융업체 대리 출신 아니냐. 그쪽 책임자는 내가 적임자일 것이다. 명칭은 사채업협회, 아니 돈놀이조합, 뭐 이런 순수한 이름이 좋을 거다.

형님의 이러한 요구는 친인척 비리의 큰 마당을 아예 만들라는 이야기와 같다고 생각한 공대성은 걱정이 태산이었다.

주경진은 다시 정문오 위원의 머릿속을 들여다보았다.

- 만사형통이라? 공대성 후보가 만약 대통령이 되면 정권말기 증상 같은 것은 없을 것이다. 아마 형님을 비롯한 친인척 등쌀에 정권말기 아닌 정권초기 증상으로 여기저기서 비리

가 쏟아져 나올 거야. 그렇게 되면 공대성 정권은 못 견디게 되고 다시 대선이 실시되겠지. 그 때는 나한테 기회가 오는 것 아닌가. 모바일을 통한 국민 경선제, 프라이머리 방식, 아무튼 뭐, 그런 기회가…… .

공대성 후보의 머리에서 형님이 사라지자 이번에는 여자들이 나타났다. 먼저 나타난 여자는 미모의 발레리너인 김하진이었다. 처제인 김하진은 잠옷 차림으로 요염한 미소를 짓고 있었다. 다음에는 나이 지긋한 여자와 잠자리에 누워 있는 장면이 나왔다. 처음 본 그 여자가 공대성의 첫사랑인 조연하라는 것은 뒤에 알았다. 두 여자의 얼굴은 공대성의 처인 김숙진 여사가 화난 얼굴로 나타나자 곧 사라져버렸다.

주경진은 혼자 피식 웃었다. 저런 사람들이 대통령이 되겠다고 하니 이 나라가 한심한 나라 아니냐는 생각이 들었다.

정치 홍보대행사에 들른 주경진은 상담실에서 한 남자와 상담을 하고 있는 낯익은 얼굴을 발견했다.

'아니, 저건 문지수잖아.'

주경진은 잘못 들어간 방을 얼른 나오려고 했으나 불행하게도 문지수와 눈이 딱 마주쳤다. 며칠째 전화를 따돌리고 있었기 때문에 서먹한 표정이 되었다.

"오빠!"

주경진은 하는 수 없이 돌아섰다.

"지수가 여긴 웬일이야?"

"여기도 우리 여당 홍보대행사 중의 하나야. 여기 사장이 여자잖아."

여자가 사장이 맞기는 하나, 남편과 공동 대표로 있는 회사이기 때문에 양성 대표가 정확한 말이었다.

"오빠 여기 인사 건네. 양천수 박사님이야."

"예, 주경진입니다."

문지수가 소개하는 바람에 주경진은 엉거주춤 인사를 했다. 얼른 보아도 이마가 시원하고 눈이 큰 호남형의 남자였다. 아랫 입술이 삐죽이 내밀고 있는게 흠이라면 흠이었다. 결단력이 부족해 보였다. 어디서 많이 본 듯 낯설지 않았다.

"요즘 매스컴 좀 타는 양천수 박사님."

문지수가 설명했다.

"그럼 오혜빈 후보와 관련된 그 소문의 주인공이신가요?"

멘붕연대가 폭로한 연하의 애인을 머릿속에 떠올리며 주경진이 물었다. 양천수의 얼굴을 다시 보았다. 동공을 통해 독심술로 양천수의 마음을 슬쩍 들여다보았다.

양천수의 머릿속에는 오혜빈이 들어있지 않았다. 그렇다고 문지수를 생각하고 있는 것도 아니었다. 각종 핸드폰의 모양이 춤을 추고 있었다.

"여당 대선을 돕고 있나요? 모바일 선거운동을 기획하고 있군요."

주경진의 말에 양천수는 조금도 놀라는 것 같지 않았다.

"맞습니다. 이젠 모바일 시대입니다. 모든 일은 형통을 통해 이루어지는 것이 아니고, 모바일을 통해 이루어지고 있다고 봐야 합니다."

"만사형통이 아니라 '만사phon통'이라고 하자는 데요."

문지수가 웃으며 말했다.

만사핸통을 아십니까?

"그럼 만사형통이 아니라 '만사핸통'이겠네."
주경진이 문지수를 보며 농담을 건넸다.
"하긴 일본 사람은 만사형통을 만사핸통이라고 하더군요."
"만사는 핸드폰으로 통한다는 말씀이군요. 주 실장님은 역시 대선 캠프의 보석이야."
양천수가 주경진을 치켜 올렸다.
양천수는 모바일을 이용한 각종 애플리케이션을 개발하여 젊은이 사이에서 가장 닮고 싶은 롤 모델로 꼽혔다.
꽤 쓸만한 앱을 무료로 많이 제공했기 때문에 앱 애용자들에게 인기가 꽤 있었다. 특히 앱의 스팸과 보이스 피싱을 걸러주는 무료 앱이 인기가 높았다.

 부인과 공동으로 경영하는 IT홍보회사가 오혜빈의 대선 캠프 일을 하고 있기 때문에 오 후보와의 스캔들 대상이 되기도 했다.

 부인 박소진 사장과 공동 대표로 회사를 경영하고 있을 뿐 아니라, 회사 이름도 '박소진-양천수 모바일 인스티투션' 으로 되어 있었다. 부부 두 사람의 이름으로 되어 있어서 여당 뿐 아니라 남당의 홍보대행을 하기에도 무리가 없어 보이는 듯 했다.

 그러나 실제로는 양천수와 박소진은 부부가 아니었다. 양천수는 미혼이고 박소진은 이혼 경력이 있는 연상의 여인이었다. 하지만 두 사람은 편의상 부부 행세를 하며 여당과 남당 모두와 관련을 맺고 있었던 것이다.

 "앞으로는 모바일과 앱이 세상을 지배한다고 어제 모바일 토론회에서 열을 올리시더군요."

주경진이 양천수의 눈동자를 빤히 들여다 보면서 말했다. 양천수가 멘붕연대 토론회에 나와서 하던 말이 머리에 떠올라 물은 것이었다.

 양천수의 눈은 크고 시원했다. 두툼한 뺨과 잘 어울려 인심 좋은 젊은이 같은 인상을 주 었다.

그러나 주경진의 독심술은 깊이 숨겨진 양천수의 마음 한 조각을 읽어내는데 성공했다.

- 나도 언젠가는 대권에 도전할 것이다.

"요즘은 조금만 이름이 알려지면 정치를 하러 덤비는 사람이 참 많아요."

주경진이 양천수의 마음을 떠보려고 슬쩍 말을 던져 보았다.

"맞아요. 티비에 얼굴이 좀 자주 비친다고 생각하면 며칠 뒤 국회의원 출마한다고 떠들더라구요. 법조인이나 교수는 좀 이해가 되는데, 연예인이나 시인, 작가들까지 그러잖아요."

문지수가 맞장구를 쳤다. 주경진이 양천수의 얼굴을 슬쩍 곁눈질했다. 그러나 양천수는 나와는 상관 없는 얘기라는 듯 시치미를 뚝 떼고 핸드폰 이야기를 계속했다.

"만사형통이건, 만사핸통이건 간에 앞으로는 모든 시민 생활이 모바일을 통해 편리해지는 것은 틀림없습니다."

"지금도 핸드폰 시대 아닙니까? 통신 수단에서 쇼핑, 은행 결제, 메모, 심지어 각종 투표까지 핸드폰으로 이루어지지 않나요."

문지수가 주경진의 가슴과 아랫쪽을 훑어보면서 말했다. 이상하게도 문지수는 주경진만 보면 스킨십 욕구가 솟구쳤다. 주경진이 피하는 이유가 바로 그것이었다. 문지수의 욕구는 시도 때도 한계가 없었다.

"지금 모바일의 용도는 걸음마에 불과합니다. 우리 연구소에서는 모바일 사용 법안을 이미 만들어 놓고 있습니다."

양천수가 어깨를 으쓱해 보였다. 그의 큼직하고 두툼한 입술이 미소를 먹음었다.

"모바일 법률이라니오? 지금도 모바일이나 IP통신에 관한 법률은 발에 차일 정도로 많은데요?"

주경진이 딴청을 부려보았다.

"아니죠. 앞으로 모바일의 역할은 상상을 초월하게 될 것입니다. 우선 주민등록증이 필요없게 될 전망입니다. 모바일에 내장될 것이거든요. 운전면허증과 교통 위반 딱지뗸 영수증, 의료보험 카드나 장애자 등급 증명서, 가족관계, 각종 주거 및 호적 서류, 학교 졸업 증명서 및 성적표, 은행 통장과 인감 증명 확인 앱, 사업자등록증, 소속회사의 등기부 내용, 각종 소득 내역 및 납세증명서 등 기록할 수 있는 내용은 모두 모바일로 내장합니다."

양천수가 입에 거품을 물고 맹렬하다고 할 정도로 열을 올리며 설명했다.

"아이구! 그렇게 복잡하고 번거로워서 어디에 무엇이 들었는지 찾기도 어렵겠어요."

문지수가 혀를 내둘러보였다.

"천만예요. 그래서 그것을 간편하게 정리해주고 불러주는 앱이 다시 나옵니다."

양천수가 자랑스럽게 빙그레 웃었다.

"예를 들면 어떤 앱입니까?"

주경진이 물었다. 사실 주경진은 양천수의 말에 상당 부분을 동의를 하고 있었다. 앞으로는 정말 그러한 시대가 열릴 것이라고 평소 상상하고 있었던 것이다. 그렇게 되면 데스크탑이나 노트북도 무용지물이 될 것이다. 가입자 수천만이라고 으스대는 포탈들도 별 볼일 없는 시대가 곧 올 거라는 생각이 들었다.

"예를 들면 내가 토지 거래를 하는데 필요한 검색 항목과 서류는 무엇인가 하는 것은 단축 키를 누르면 차례차례 자동 검색과 서류를 다운 받아 순서를 정해 디스플레이 해줍니다. 환자가 병원에 도착하면 앱이 알아서 해야 할 행동을 일러줍니다. 식당에 가면 최근 일주일 동안 먹은 음식 종류를 분석해서 오늘은 무엇을 먹어야 한다는 것을 추천해 줍니다. 공항 가서 출국할 때는 비행기 티켓과 출국 수속을 모바일 터치 한 번으로 해결할 수 있습니다."

양천수가 신이 나서 설명했다.

"흠. 모든 인생이 핸드폰 속에 다 들어있는 셈이군요. 그거 분실하거나 도둑맞으면 인생이 한 방에 끝나는 거구요. ㅋㅋㅋ."

문지수가 일부러 심술을 부렸다. 그러나 워낙 앳되고 귀엽게 생긴 얼굴이라 밉게 보이지는 않았다.

"아, 좋은 지적입니다. 분실하면 큰일이지요. 하지만 이 신형 만사형통은 걱정 없습니다. 모든 모바일은 소유자의 DNA를 인식하고 작동하기 때문에 사용자의 몸에서 떠나면 즉시 기능이 중지됩니다. 다른 사람에게는 아무 소용없는 물건이 되지요."

"하지만 분실한 사람은 아무 일도 하지 못하게 될 것 아닙니까?"

이번에는 주경진이 물었다. 한편 주경진은 트집을 잡았지만 양천수의 연구에 감탄하고 있었다.

"분실해도 어디에 있는지 위치 추적이 금방됩니다. GPS를 이용한 추적으로 즉시 알아냅니다. 오차 범위는 30cm 이내입니다."

"그걸 찾아내자면 위치 추적 법률이 바뀌어야 하고, 또 이동통신회사를 거쳐야 하니 얼마나 번거로운 일이에요?"

문지수가 불평했다.

"법률이 바뀌어야 하는 것은 맞습니다. 하지만 위치 추적은 통신회사를 거치지 않아도 됩니다. 다른 가족이나 함께 다니는 일행, 누구든지 미리 자기 모바일을 인식시켜 두면 됩니다. 인식 앱으로 등록시켜 놓으면 분실했을 때 가족 모바일이나 일행 모바일의 앱으로 쉽게 찾을 수 있습니다."

"흠, 그거 큰 일날 짓입니다. 그럼 인식하고 있는 모바일을 가진 사람이 소유주가 지금 어디 있는지 위치를 금방 파악할 것 아닙니까? 그건 인권침해 정도가 아니지요. 감옥살이나 같지요."

주경진이 반박했다. 그러나 양천수는 빙그레 웃으며 대답했다.

"잃어버리지 않으면, 즉 소유주와 함께 있으면 위치 추적 앱은 작동하지 않습니다."

양천수는 의기양양해 하며 말을 이었다.

"이만하면 만사형통 아닙니까?"

지폐에 어우동의 초상을 넣자

　여당의 대선본부 대책회의실.

　오혜빈 후보를 중심으로 원탁 테이블에는 문지수를 비롯해 양천수 등 주로 아이디어를 창출하는 멤버들이 둘러앉았다.

　"모바일을 국민생활의 중심에 두자는 안은 좀 더 다듬을 필요가 있습니다. 예를 들면 한 사람이 두 대의 핸드폰을 가지게 되는 경우 난처한 문제가 많이 생길 것입니다."

　대책위 아이디어 위원장인 김마리 위원이 말을 꺼냈다. 물귀신이라는 별명을 가진 김마리 위원장은 나이 예순이 넘도록 독신으로 있으면서 바른 말 잘 하고 대인관계가 냉정하기

짝이 없어 사람들이 부딪치기를 꺼려하는 가파 인물이었다. 그러나 동서고금의 온갖 상식을 다 갖추고 있어서 그 지식을 따라갈 사람이 없었다. 여당 대선 캠프에서는 특별한 대접을 받고 있기도 했다.

"그 문제는 양천수 위원이 좀 더 연구해서 다음 회의 때 채택 여부를 결정하기로 하지요."

오혜빈 후보가 김마리의 입을 막았다.

"남녀 불평등제도에 대해 남당에서 새로운 공약을 내놓을 것 같습니다."

사무총장인 허연나가 입을 열었다. 머리를 길게 늘어뜨리고 립스틱을 짙게 발라 하얀 얼굴이 더 하얗게 보여 섬찍한 느낌이 들기도 했다. 사무총장의 이미지와는 전혀 어울리지 않는 모습이었다. 실제로도 남녀관계가 다양해서 한 번 몸을 섞는 것은 악수 한번 하는 것과 다를 것이 별로 없다는 프리섹스주의자였다. 그러나 정보력이 대단하고 한 번 시작한 일은 끝장을 내는 장점이 있었다.

일찍 결혼했다가 남편과 이혼했다. 딸 하나가 있는데 필리핀에 영어 연수를 보내놓고 있었다. 딸을 끔찍이 사랑해 한 달에 한 번씩 필리핀에 다녀 올 정도로 모성애가 깊다.

"새로운 정보가 있나요?"

오혜빈 후보가 책상 아래 무릎에 손거울을 감추어 두고 내려다보면서 말했다. 오 후보는 연설을 하다가도 숨겨 가지고 다니는 손거울을 꺼내 자기 얼굴을 확인하는 버릇이 있었다.

"우리가 공공장소에 여자화장실을 남자화장실보다 배로 늘리자고 하자, 남당에서는 엉뚱하게 지폐에 시비를 걸고 나왔습니다."

"지폐? 돈 말인가요?"

"예."

"돈에 남녀 차별이 있나요?"

오 후보가 의아스러운 표정으로 물었다.

"만 원짜리 지폐에는 세종대왕 초상화가 있고, 오천 원짜리에는 율곡 이이의 초상, 천 원짜리에는 퇴계 이황의 초상, 백 원짜리에는 충무공 이순신의 초상화가 있는데 단위가 제일 높은 오만 원짜리에 왜 여자인 신사임당의 초상화가 있느냐는 것입니다."

"별 시비를 다 거는군. 남자가 쩨쩨하게."

김마리 위원이 얼굴을 찌푸렸다.

"일 원짜리를 포함해 우리나라 화폐 종류는 모두 아홉까지인데, 그 중에 인물이 들어 있는 화폐는 다섯 종류 아닙니까? 그 중에 단 한 종류, 오 만원 권에만 여자 초상화가 있다는 것만 보아도 4대1의 불공평인데 무슨 소리예요?"

김마리의 얼굴이 더욱 일그러졌다. 나이보다 훨씬 많은 주

름살이 한껏 부풀어 정말 물귀신 같이 무서운 얼굴로 변해
갔다.

"남자 초상화를 다 합쳐도 1만 육천 백 원밖에 안 되는데 여
자 초상화는 단 한 장으로 5만원이 되니까 남자의 3배도 넘
으니 불공평하다고 합니다."

"정말 남자들이란 못 말릴 생물들이야."

잠자코 앉아있던 장서진이 입을 열었다. 장서진은 국회의원
을 세 번이나 지낸 정계의 중진으로 여당의 차기 대권주자의
물망에 올라 있는 사람이었다.

"그럼 십 원짜리, 오십 원짜리, 오백 원짜리 동전에 여자 초
상화를 넣으면 되겠네요."

양천수도 한 마디 했다.

"남당에서 아직 공식으로 공표하지는 않았지만 아마 며칠
내로 발표가 있을 것입니다."

사무총장이 위원들을 한 번 둘러본 뒤 말을 이었다.

"남당의 선대위 정문오 위원이 신사임당이 세종대왕이나,
이율곡, 이퇴계, 충무공보다 우위에 갈 이유가 무엇이냐고
열변을 토했다고 합니다."

"버럭 정이 꼴값하는군."

김마리가 빈정거렸다.

"지폐에서 남자 초상화를 싹 없애고 성춘향이나 논개, 유관

순을 넣는 게 어때요?"

허연나의 주장에 모두 입가에 미소를 머금었다.

여당 후보쪽의 정보를 입수한 화폐의 초상화 문제는 실제로 남당 선대위에서도 논의가 되었다.

논의의 발단은 화폐 단위가 너무 높으니 평가 절하하는 화폐 개혁을 단행하자는 금융정책 분과위원회의 안건 때문이었다. 선대위에 부여된 이 안건을 심의하던 회의가 엉뚱한 곳으로 흘러갔다.

"단위를 절하하는 화폐개혁은 옛날 박정희 국가재건최고회의 의장의 군사 쿠데타 정부가 실시했다가 실패한 일이 있지 않습니까? 이제 또 그것을 되풀이하자는 말씀인가요?"

안건 심의를 놓고 왈가왈부하고 있을 때 침묵을 지키고 있던 주경진이 한마디했다.

"그 때는 화폐 단위를 10분의 1로 절하한 것이 실패의 원인이었습니다. 이번에는 1천대 1이나, 적어도 1백대 1로 하면 됩니다. 천 원이 1원이 되는 것이지요."

"그런 화폐 평가절하는 이승만 정부 시절에도 있었어요. 1천 원(圓)을 1환(?)으로 바꾸었지요."

"그러면 현재 단위의 10만 원 권도 만들어야 할 것 아닙니까? 천분의 일이면 백 원짜리가 되겠지만."

"10만 원 권? 그러면 그 화폐에는 누구 초상화를 넣을 것입니까?"

"만 원짜리에 세종대왕인데 10만 원 짜리에는 단군왕검을 넣어야 할 것 아닙니까?"

공대성 후보가 책상을 주먹으로 꽝 치면서 말했다.

"아니 아니, 그게 아니고요. 다시 한 번 천천히 살펴봅시다. 백 원에는 충무공, 천 원에는 이퇴계, 오천 원에는 이율곡 초상화가 있는데, 오만 원 권에는 신사임당 아닙니까? 이건 완전히 여성 상위가 아닙니까. 신사임당이 충무공이나 세종대왕보다 위대합니까?"

정문오가 열을 올렸다.

"신사임당의 예술적 업적은 아무도 부인할 수 없지요."

주경진이 슬쩍 반론을 내놓아 보았다.

"그럼 오만 원 권에서 신사임당을 빼자는 말씀인가요? 도처에서 반발에 부닥칠 것입니다. 신씨 종친회나 오죽헌에서 가만히 있겠습니까? 여당은 머리띠 두르고 나올텐데요."

"오만 원 권에 여자 초상화가 들어간 것은 엄연히 남성 비하입니다. 누가 뭐라고 해도."

정문오 위원이 주장을 굽히지 않았다.

"오만 원 권이 만 원 권보다 먼저 만들어졌다면, 아마 세종대왕의 초상화가 들어갔을지도 모릅니다."

배덕신 사무총장도 한마디 했다.

화폐의 초상화 논란은 마침내 시중의 큰 화제로 번졌다. 더욱 사람들의 쓴웃음을 자아내게 한 것은 10만 원 권 초상화에 자유연애주의자들이 황진이와 어우동을 넣자고 들고 나온 것이다. 심지어 동성애당 소속 주장자들은 사방지를 넣자고 주장하까지도 했다.

사방지는 세조 때의 남녀 양성 소유자로 당시 궁정에서도 큰 물의를 일으킨 여자 노비였다.

사방지는 이웃 양반집 안방마님과 간통한 죄로 관아에 고발되어 조사를 받았다. 세조의 명으로 엄밀한 신체검사를 한 보고서에는 사방지가 남성과 여성 두 가지를 다 가지고 있다고 보고되었으며, 이웃집 마님 외에도 여러 사람과 간통한 것으로 밝혀졌다.

돈을 없애자

10만 원 권 발행과 화폐 평가절하가 대선의 이슈로 등장하게 된 것은 멘붕연대를 비롯한 NGO 단체들과 양당 대선 캠프의 입빠른 촉새들이 트위터와 카톡 등의 SNS에 올리면서부터 시작되었다.

"여당의 대선 후보 오혜빈은 수학을 싫어하는 여자다. 학교 다닐 때도 수학은 늘 낙제점을 면할 정도였다. 화폐의 단위를 평가절하하자는 것이 여기서 연유된 것 같다."

멘붕연대의 방용환이 사방에 글을 올렸다.

"수학 성적이 나쁜 것과 화폐 단위 절하가 무슨 상관이 있는가?"

 이런 질문에 방용환은 어처구니 없는 답을 했다.

 "숫자 단위가 높으면 계산하기 힘드니까 단위를 낮추자는 것이지."

 오혜빈 후보 캠프에서는 이런 주장은 전혀 근거 없는 것이라고 반박했다.

 오혜빈 후보가 자연과학 분야인 물리학과를 나왔는데 수학을 잘못했다는 것이 말이 되느냐는 주장이었다.

 몇 시간 뒤 이번에는 공대성 후보 측에서 트위터에 글을 날렸다.

 "오혜빈 후보의 고등학교 수학 성적은 모두 60~70점이었다."

 이어서 멘붕연대가 수학 선생과 한 인터뷰를 내놓았다.

 "오혜빈 학생은 수학을 싫어했습니다. 그러나 아버지가 이과에 진학하기를 희망했기 때문에 물리학과를 택한 것입니다."

 이어서 오혜빈 후보 캠프에서 고교시절 성적표를 공개했다. 수학 한 과목만 성적이 평균 이하일 뿐이지 모든 과목이 최상위권이었고 내신 성적은 1등급이었다.

 화폐 문제가 대선의 이슈로 떠오르자 선관위가 주최하는 대선 쟁점 토론회가 열렸다.

여당 측에서는 김마리와 허나연 사무총장이 참가하고 남당 측에서는 정문오와 배덕신 사무총장이 참석했다. 시민단체는 멘붕연대의 방용환과 공자왈연대의 서석견 좌장, 삼강오륜지킴이의 지대공 수석이 참가했다.

패널리스트로 양천수, 강로리 등 대선에서 뒤는 발언으로 대중에게 잘 알려진 사람들이 등장했다. 토론은 스마트폰을 통해 전 유권자에게 생중계되었다.

"단순히 계산하는데 공 몇 개를 덜 치기 위해서 화폐 단위를 낮추자는 것이 말이 되는 소리입니까?"

방용환이 먼저 양쪽을 향해 포문을 열었다.

"우리 남당에는 숫자 콤플렉스를 가진 후보는 없습니다. 공대성 후보는 고등학교 시절 암산왕 대회에서 2등으로 입상한 일도 있습니다."

남당의 정문오 위원이 먼저 입을 열었다.

"대선서도 2등만 하시지요."

"오혜빈 후보는 수학을 바탕으로 하는 물리학과 장학생이었습니다. 누가 숫자에 콤플렉스가 있습니까? 오혜빈 후보는 우리 당의 대선 준비위원 300명의 명단을 10분만에 다 외울 정도로 암기력이 뛰어납니다."

허나연 사무총장이 반격을 했다.

"암기력과 화폐개혁은 아무 상관 관계가 없습니다. 지금 두

뇌 평가하려고 나오신 것입니까?"

꽁치머리 방용환이 독설을 퍼부으며 양쪽을 향해 다시 포문을 열었다.

"도대체 국민을 어떻게 보고 있기에 대선 이슈가 머리 싸움입니까? 지금 서민들은 하루 버티기도 힘들고, 경제는 꽁꽁 얼어붙고, 물가는 펄펄 끓고 있습니다. 아직도 점심 때가 되면 수돗물이나 마시며 배를 채우는 결식 학생이 있는데 무슨 헛소리들입니까? 화폐개혁을 하면 천덕꾸러기 비정규직 노동자의 통장에 공돈이 들어옵니까? 알바로 학비 벌기 위해 밤잠을 설치는 알바 천국에 따뜻한 침대라도 나옵니까? 해 떨어진 뒤 서울 지하철역에서 헌 신문지를 덮고 고픈 배를 움켜쥐고 시멘트 바닥에서 잠을 청하는 수많은 노숙자를 보신 적이 있습니까? 왜들 이러세요."

"그것은 오로지 자식이 부모를 버리는 불효의 시대가 낳은 산물입니다. 효가 모든 이치의 근본입니다. 정치인은 각성해야 합니다. 부모를 섬기자는 공약을 내놓는 대선 후보가 왜 없습니까? 중국에서도 불효자는 공산당에 입당도 안 시킵니다. 지하철역이나 도시 공원의 노숙자들도 아들딸 있고 부모 형제 있는 사람들입니다. 효도와 우애가 바닥난 세상, 이 세상에 도를 일으켜야 합니다."

삼강오륜지킴이의 지대공 수석이 입에 거품을 물었다.

"부모 챙기고 자식 기르고 하는 것, 다 좋습니다. 그러나 이 남녀관계를 중심으로 하는 구시대적 가족관계가 얼마나 많은 모순을 낳았습니까? 지금은 사회의 기본이 성의 자유에서 시작됩니다. 우리 동당을 인정해야 합니다."

동성애주의자인 강로리도 나섰다.

"그래서 한다는 주장이 지폐에 황진이나 사방지의 초상을 넣자는 것인가? 몹쓸 것들 같으니. 쯧쯧쯧."

이번에는 공자왈연대의 서석견 좌장이 혀를 찼다.

"그러면 서석견 좌장께서는 10만 원짜리 지폐에 공자상을 넣자는 것입니까?"

방용환이 물었다.

"공자상이라니, 당치 않은 소리 작작하시오. 10만 원짜리에는 당연히 단군왕검의 초상을 넣어야 합니다. 뒷면에는 곰을 넣어야 하고요."

삼강오륜지킴이의 지대공 수석이 다시 나섰다.

"곰은 왜 넣습니까?"

남당의 배덕신이 물었다.

"단군신화도 모르시오? 곰은 우리 백의민족의 어머니입니다. 우리는 모두 곰의 자손입니다."

"그렇다면 곰을 사육해서 쓸개를 산 채로 도려내는 사람들부터 혼내야 하는 것 아닙니까?"

"마늘과 쑥으로 사람이 된 곰은 이제 존재하지 않습니다. 그것은 신화일 뿐입니다."

"우리가 동물의 자손이라고? 그래서 동물이나 하는 짓들을 하고 있는 것인가?"

여기저기서 중구난방으로 떠들기 시작했다. 모바일에는 수백만 개의 의견이 쏟아지기 시작했다. 모든 유권자가 다 한마디씩 하는 것 같았다.

대선 이슈인 화폐개혁이 두뇌 경쟁으로 시작되더니 다시 화폐 속의 초상화로 이어졌다가, 마침내는 단군신화 논쟁으로 번졌다.

"대선이 시작되기도 전부터 각 후보의 캠프에서는 정책토론으로 대결하자고 아주 그럴 듯하게 제안을 하더니 열흘도 못 가서 추잡한 스캔들 캐기가 난무하고, 이제 우리 서민과는 아무 상관도 없는 화폐개혁, 단군신화 논쟁, 특히 가족제도의 붕괴에까지 이르고 있습니다. 이런 정치인을 가진 우리 국민이 행복하다고 할 수 있습니까? 정치인들의 이 꼬라지를 보면서 멘탈붕괴 안 되는 국민 있으면 어디 나와 보라고 해요."

방용환이 목소리를 더욱 높였다. 그의 꽁지머리는 락 가수가 헤드뱅잉 할 때처럼 힘차게 춤을 추었다.

"토론이 자꾸 옆길로 빠지고 있습니다. 오늘의 토론 주제인 화폐개혁의 타당성 여부로 다시 돌아갑시다."

보다 못한 선관위 사회자가 나섰다.

"화폐개혁을 토론의 주제로 삼은 것부터가 잘못입니다. 남당이나 여당이 화폐개혁을 두고 찬반으로 갈라진 공약이라도 내놓았나요?"

방용환이 사회자에게 대들었다.

그 때였다. 충격적인 글이 모바일에 떴다.

"화폐제도를 폐지합시다!"

극단적인 글을 올린 사람은 뜻밖에도 양천수였다.

"뭐야? 화폐제도를 폐지하자고?"

"돈을 없애자는 소리 아냐?"

"양천수가 드디어 돌았군."

"아니, 양천수도 다음에 대통령 나오려는 것 아닌가?"

"양천수는 여당 후보인 오혜빈과 사귀는 사이인데 남당에서 받아들이겠어?"

여러 가지 의견이 한꺼번에 쏟아졌다.

"화폐제도를 없애자는 것은 화폐를 발행하지 말자는 것이지 돈을 없애자는 것이 아닙니다. 돈의 단위나 결제 방식은 그대로 두되 종이 돈이나 동전은 만들지 말자는 것입니다. 우리는 돈을 지불할 때 거의 카드나 온라인 결제를 합니다. 그러므로 실제 종이 돈이나 동전을 주고받는 제도는 이제 필요 없어졌습니다. 모바일이 화폐 역할을 충분히 할 수 있습니다. 만사행통 시대가 곧 열립니다."

양천수가 설명을 덧붙였다.

"그건 그래. 그렇게 되면 실제 화폐로 몰래 뇌물 주는 일이 불가능해지겠는데."

찬성의 글이 올라오기 시작했다.

웬 강남 스타일?

　양천수의 화폐 폐지론은 상당한 호응을 받았다. 트위터에 50만건 이상의 멘트가 올라왔다. 그 뿐 아니라 스마트폰의 모든 채널과 카톡에도 수십만 건의 찬반 코멘트가 올라왔다.

　"화폐제도는 인류가 발명한 가장 편리한 경제제도 중의 하나임에 틀림없지요. 물물교환 시대를 청산한 강력한 경제체제이고 인류의 가장 오래된 생활 습관입니다. 오늘날 화폐가 없는 사회란 있을 수 없습니다. 그래서 화폐제도는 두되 모바일에서만 존재하게 하자는 것입니다. 실제로 주고받는 동전이나 지폐, 수표, 각종 채권 등을 없애자는 것입니다. 전자상으로 모든 지불과 수입, 가격 지불이 이루어지고 있는 세상 아닙니까?"

양천수의 주장을 요약하면 이와 같았다.

"그러면 어린이들한테 세뱃돈은 무엇으로 지불할 것이오? 세배 받고나서 '애. 네 핸드폰 좀 다오. 세뱃돈 넣어줄게.이렇게 하자는 것입니까? 어린이에게 부모가 주는 설날의 추억을 말살하지 맙시다."

"백 원짜리, 5백 원짜리 동전으로 작동되는 오락기구는 어떻게 합니까?"

"행운을 달라고 명승지 연못에 던지는 동전은 무엇으로 대신합니까?"

별의별 반대가 다 나오는가 하면 기발한 찬성안도 많았다.

"5만 원 권을 쇼핑백에 넣어서 국회의원 공천 받을 때 주던 범죄는 없어지겠는데."

"더러워진 화폐를 신권으로 바꿔주기 위해 쓰는 국고도 몇 천억 원이 될텐데 국가 재정에 큰 보탬이 될 것이오."

"그뿐인가요? 조폐공사도 없어지고 은행도 없어질테니 엄청난 혁명이 일어나지요."

"은행이 왜 없어집니까?"

"돈이 없어지는데 은행이 무슨 소용이오?"

그러나 실물 화폐가 없어진다고 해서 은행이 없어지지는 않는다는 견해가 더 우세했다. 화폐 거래는 하지 않지만 개인이나 법인이 가지는 계좌는 없어질 수 없기 때문이다. 전자 상의 거래를 위한 전자계좌와 전자통장을 관리할 은행은 물론 존재해야 하는 것이다. 그러나 은행 문턱을 드나드는 거래 고객은 없어질 것이다.

"그뿐인가요. 현금을 계산하는 은행원, 현금을 수납하는 각종 기계, 위조 화폐를 검색하는 기계, 수표를 보관하는 거래소 등이 다 없어져서 엄청난 경비 절약이 이루어지지요."

그렇지 않아도 전자계좌를 악용한 보이스 피싱이나 파밍이 기승을 부리고 있는데 이 폐단을 어떻게 막겠다는 것인가? 의문을 제기하는 댓글도 만만치 않았다.

양천수의 인기가 갑자기 치솟기 시작했다. 양천수가 대선 후보로 나와야 한다는 이야기가 여기저기서 고개를 들었다.

"우리 동당에서는 양천수를 모셔 오고 싶습니다."

오혜빈 후보의 저격수인 동성애당 강로리가 트위터에 글을 올렸다.

"우리는 양천수를 영입하기 위해 장영실당을 만들었다."

장영실당은 세종 때의 발명가인 노비 출신 과학자 장영실의 이름을 따 온 것이다. 양천수가 물리학자이고 새로운 과학 이론에 밝기 때문에 그를 장영실에 비유한 것이었다.

그러나 이런 주장들은 현실성이 없었다. 이미 남당, 여당에서 대통령 후보 등록을 마치고 선거운동에 돌입했기 때문에 시기적으로 불가능했다. 그뿐만 아니라, 지금 헌법이 남당과 여당, 양당제도만 용납하기 때문에 다시 헌법을 바꾸지 않는 한 불가능한 일이었다.

양천수가 유권자들의 인기를 독차지하자 여당과 남당에서는 부쩍 신경을 썼다.
"주경진 실장, 양천수를 완전히 우리 쪽으로 끌어들일 방법은 없나?"
홍보자료를 만들기 위해 머리를 싸매고 있는 주경진을 정문오가 불러서 부탁을 했다.
"양천수가 오혜빈 후보와 사귀고 있다는 소문이 파다한데 우리 쪽으로 오겠습니까?"
주경진이 난처한 표정을 지었다.
"양천수는 남자잖아. 남자가 왜 여자 정당을 기웃거려?"
"사랑은 남녀가 하는 짓 아닌가요."
주경진도 지지 않았다.
"나하고 말싸움하자는 건가?"
"싸움 상대가 아니지 않습니까?"
"뭐야!"

정문오가 갑자기 화를 벌컥 냈다. 주경진이 돌아서서 정문오의 눈을 들여다보았다. 독심술을 이용해 그의 생각을 훔치려는 것이었다.

정문오의 머릿속은 분노의 불길이 활활 일고 있었다. 생각대로 한다면 주경진의 뺨을 한 대 갈기고 싶은 심정에 싸여 있었다.

순간 주경진은 '버럭 정'의 약을 너무 올렸다고 생각했다.

"제가 양천수를 한 번 몰아보겠습니다."

주경진이 갑자기 양 주먹을 모아쥐고 말 탄 자세로 펄쩍펄쩍 뛰기 시작했다.

"지금 뭐하는 짓이야?"

"강남 스타일 추는 중입니다. 말을 몰고 가서 양천수 박사 잡아오겠습니다."

주경진은 말춤을 추면서 문밖으로 나가버렸다. 정문오는 어이가 없어 주경진의 뒷모습을 바라보고 웃을 수밖에 없었다.

"5년 전 싸이가 추던 춤을 지금 추다니."

주경진은 그 길로 사무실을 나와 집으로 갔다. 기분이 썩 좋지 않았다. 양천수가 오혜빈과 가까워진 것이 꼭 문지수 때문인 것 같은 터무니 없는 생각을 했다.

주경진은 종일 방 안을 지키고 있을 애견 홈즈를 데리고 재

래시장에 산책이라도 나갈 생각이었다.

그런데 집에는 뜻밖에도 문지수가 와 있었다. 옷을 훌렁 벗고 브래지어와 팬티만 입고 앉아서 홈즈와 함께 아이스크림을 먹고 있었다.

팬티 바람으로 쪼그려 앉은 문지수의 펑퍼짐한 엉덩이가 공포스럽게 커 보였다. 덜컥 겁이 났다.

"오빠, 일찍 들어왔네. 핸드폰이라도 좀 하지. 옷도 제대로 못 입었는데."

문지수가 일어서서 배시시 웃었다. 문지수의 눈웃음 속을 들여다보았다. 그녀의 머릿속에는 욕정이 춤추는 코브라의 머리처럼 솟아올랐다.

'어찌된 여자가 나만 보면 저 모양으로 변할까? 변태야, 변태.'

주경진은 또 홈즈가 멀거니 지켜보는 가운데 마음에도 없는 정사 신을 연출해야 하는 것이 정말 싫었다.

"지수야. 빨리 옷 입어."

주경진이 꾀를 냈다.

"왜, 오빠, 여기가 좋은데"

"아냐, 지금 이 시간에 옥상에 올라가면 기막힌 도시의 노을을 감상할 수 있어. 우리 학창 시절의 불타는 꿈같은 낭만을 느낄 수 있어."

주경진은 자신이 생각해도 여자를 유혹하는 멋있는 말은 아니라는 생각이 들었다.

"좋아요. 옥상에서 바람 좀 쐬고 기분 돋구어 침실로 가는 것도 괜찮겠네."

문지수가 주섬주섬 옷을 걸치고 주경진을 따라 나섰다. 홈즈와 함께 옥상에 올라간 두 사람은 붉게 타오르는 서쪽 빌딩 위의 노을을 보았다. 정말 눈이 부셨다.

"와, 저녁 노을이 이렇게 감동을 줄 수가 있을까?"

문지수는 홈즈를 껴안고 옥상 난간에 걸터앉아 저녁 노을에 넋을 잃었다.

"양천수 말인데."

주경진이 문지수를 현실로 불러냈다.

"응! 양천수? 양천수는 왜?"

"양천수가 말하는 화폐 폐지론이 실현되면 외국과의 거래는 어떻게 되는 거야? 모든 나라는 외환보유고라는 게 있어서 다른 나라 지폐를 모아 두었다가 해외 나가는 국민에게 바꿔 주기도 하고 무역결제도 하는데, 화폐가 없다면 어떻게 하자는 거야?"

주경진이 일부러 시비를 걸었다.

"양천수는 거기 대해서도 대책이 있어."

문지수가 홈즈를 내려놓고 슬그머니 주경진의 가슴을 만지며 말했다.

국회를 폐지하자

"양천수의 생각은 무엇인데?"

주경진이 가슴에서 스물거리고 있는 문지수의 손을 슬그머니 떼내면서 물었다.

"국제 결제수단도 전자결제 방식으로 바꾸면 된다는 거야. IMF 산하에 전자 결제원을 만들어 모든 국가의 금전거래를 전자결제로만 해도 된다는 것이지. 그것은 지금도 일부가 시행되고 있는 것이래."

"그럼 해외여행자에게 외화를 교환해 주는 것은 어떻게 해결한다는 말인가?"

"그것도 모바일 금융 앱에 전자입금으로 외화를 넣어주면 외국에 나가서 현지 화폐로 교환하면 된다고 합니다."

"음, 그러니까 모바일 자체가 예금을 가지고 결제 행위를 하는 NFC 같은 것이군."

문지수가 이번에는 슬그머니 다가와서 주경진의 귓불을 만지작거리기 시작했다.

주경진은 위기가 닥친다고 생각했다. 이러다가 다음 순서는 와락 덤벼들어 자신을 무너뜨릴 것이 뻔하기 때문이다.

문지수와의 관계가 처음 시작된 것은 오래 전의 일로 그녀가 고3 때였다.

문지수의 아버지 문국당 원장한테 독심술을 배우러 다닐 때였는데, 그날은 정말 주경진의 눈에 귀신이 쓰인 것 같았다. 문박사의 사무실엔 마침 아무도 없었다. 학교에서 돌아온 문지수가 아버지 대신 연구소를 지키고 있었다.

주경진은 교복을 입지 않은 문지수가 성숙한 여인처럼 보였다. 청초하고 아름다웠다. 첫눈에 반했다는 것이 이럴 때 쓰는 말이라고 생각할 정도로 반했다.

"원장님 안 계십니까?"

주경진은 말까지 가늘게 떨려 나왔다. 갑자기 식은 땀이 나는 것 같기도 했다.

"아버지 말씀이군요. 오늘 좀 늦으신다고 했어요. 어쩌면 안 오실지도 모르니 손님과는 다음날 약속을 받아놓으라고 하셨어요. 여기 좀 앉으세요."

문지수가 생글생글 웃으면서 소파를 권했다.

"아, 예."

주경진은 문지수의 얼굴에서 눈을 떼지 못하고 엉거주춤 소파에 걸터 앉았다. 텅 빈 연구실. 주인은 안 올지도 모른다.

"아버지에게 독심술 배우시는 분인가 봐요."

"아, 예."

"커피 한 잔 드릴까요?"

"아, 예."

주경진은 다른 단어가 생각나지 않았다. 문지수한테 넋을 빼앗겼기 때문이었다. 그녀도 주경진에게 호감을 느낀 것 같았다.

문지수가 안으로 들어갔다가 커피 잔을 쟁반에 받쳐들고 나왔다. 문지수가 커피 잔을 내려놓으려고 할 때 주경진이 벌떡 일어서서 커피 잔을 받았다. 그 순간 떨리는 주경진의 손이 커피 잔을 치고 말았다.

"앗 뜨거!"

커피가 문지수의 팔목에 튀었다. 동시에 잔이 엎어지면서 커피가 주경진의 가슴으로 쏟아졌다.

"으!"

주경진도 비명을 질렀다. 동시에 주경진의 흰 셔츠에 커다란 갈색 얼룩이 생겼다.

"죄송해요. 손 데지 않았어요?"

주경진이 엉겁결에 문지수의 손을 덥석 잡았다.

"괜찮아요. 근데 셔츠를……"

문지수는 뜻밖에 주경진의 손을 마주 잡으며 생긋 웃었다.

"옷을 벗으세요. 제가 얼룩진 곳만 대강 빨아드릴게요."

문지수가 주경진의 셔츠 단추를 풀기 시작했다. 주경진은 가슴이 방망이질치기 시작했다. 얼굴이 벌겋게 달아올랐다. 가슴 속에서 폭탄이 터진 듯 열기가 숫구쳤다.

문지수의 손에 의해 셔츠가 벗겨지자 더 이상 참지 못한 주경진은 그녀를 와락 껴안았다. 순간 문지수는 별로 저항을 하지 않았다.

텅 빈 연구실 바닥에 그녀를 눕혔다. 시간이 어떻게 흘렀는지, 두 사람은 자기들이 무슨 짓을 하고 있는지도 몰랐다.

얼마나 지났을까? 맨 몸인 채로 정신이 돌아온 주경진은 벌떡 일어나 앉았다.

'내가 지금 무슨 짓을 한 거야?'

그러나 일을 저지른 것은 분명했다. 속옷만 입고 옆에 누워 있는 문지수의 얼굴은 편안해 보였다.

"미안해요, 정말. 그런데 이름이 뭐예요?"

주경진은 할 짓 다 한 뒤에 여자 이름을 묻는다는 것이 말이 되느냐고 혼자 머리를 쥐어뜯었다.

"문지수! 처음이었어요."

"용서해 줘요."

"고3이고요."

오히려 문지수는 담담했다. 그 태도가 주경진을 더욱 못 견디게 했다. 그 이후로 문지수만 보면 죄책감에 사로잡혀 이래서는 안 된다고 생각하면서 피하려고 했다. 물론 문지수와 결혼한다는 것은 한 번도 생각하지 않았다.

"양천수는 오혜빈 후보 일을 계속 봐주고 있는 것 같은데 그렇다면 둘이 몰래 사귄다는 멘붕연대 이야기가 근거 있는 것 아닌가?"

주경진이 문지수의 관심을 돌리려고 다른 질문을 하면서 슬금슬금 옥상 주위를 걷기 시작했다. 노을은 이제 시들어 붉으죽죽한 흔적만 남기고 있었다.

"사귀는 지 어쩐지는 잘 모르겠고요. 그렇다면 오빠가 양 박사를 만나 독심술로 한 번 관찰해 보세요."

"전에 한 번 들여다보았는데, 그의 머리 속은 스마트 폰으로 꽉 차 있더라고."

"참, 양 박사가 새로운 정책 하나를 제의했는데, 여론을 즉각즉각 수집해서 국민의 희망 사항을 정확하게 전수(全數)로 알아내는 앱을 개발해서 사용하자는 거예요."

"그래서 오 후보가 그 정책에 찬성이라도 했나?"

"아뇨. 양 박사는 다음에 더 황당한 정책을 내놓았어요."

"그게 뭔데?"

"내가 얘기하면 비밀 누설이 되는데."

"싫음 말고."

주경진이 돌아서서 옥상을 내려가기 시작했다.

"오빠, 그게 말이야..."

문지수가 쫓아와 팔짱을 끼면서 말을 이었다.

"국회를 없애자는 것이야."

"뭐? 국회를 없앤다고? 그럼 민주주의의 원칙인 3권분립을 파기하자는 말이야? 그게 말이나 돼?"

"어쩜 말이 될지도 몰라요. 국회를 없앤다고 해서 대의정치를 없애자는 것이 아니거든요."

"그럼 어떻게 한다는 거야?"

주경진이 걸음을 멈추고 문지수를 내려다보았다.

"국회라는 게 뭐예요? 국민의 의사를 반영하는 곳 아닌가요? 국민 모두의 생각을 다 반영할 방법이 없으니까 대리자, 즉 대의원을 뽑아서 반영하는 것 아닙니까?"

"그런데?"

"그런데 최상의 방법은 모든 국민의 의견을 대리인을 통하지 않고 직접 국정에 반영한다면 더 좋은 것 아니예요?"

"그게 직접 민주주의라는 거지. 하지만 그 방법이…"

"지금 그 방법이 있지요. 모든 국민, 아니 유권자는 핸드폰을 한 개 이상 가지고 있으니까 핸드폰으로 의사표시를 할 수 있다는 거지요. 국회에 상정될 법안을 모든 국민의 핸드폰에 쏘아주고 국민이 직접 찬반 표시를 하면 정부에서 그걸 집계하면 된다는 거예요. 법안의 제안도 국민이 직접 핸드폰으로 제안하면 되지요. 이런 복잡한 사안을 정리하는 간편한 앱을 개발해서 쓴다면 국회 기능을 훨씬 신속하게 정확하게 수행할 수 있는 것 아닌가요?"

"음, 하기는…"

주경진은 고개를 끄덕였다.

'모티즌' 토론회

　주경진은 뜻밖에도 '박소진-양천수 모바일 인스티튜선'의 대표이며 양천수의 부인인 박소진으로부터 만나자는 연락을 받았다.

　잠시 후 주경진은 여의도의 한 호텔 커피숍에서 박소진을 만났다. 하얀 생활한복 차림의 박소진은 전에 봤을 때와는 전혀 다른 이미지를 풍겼다.

　"우리 연구소의 모바일 공화국 건설에 대한 양천수 박사의 의견을 좀 말씀드리려고요."

박소진은 아주 겸손한 말투로 입을 열었다.

"예. 근데 아무 능력도 없는 저한테 왜 그런 설명을 하시려고 합니까?"

주경진은 오면서 입 속에서 몇 번이나 연습한 말을 했다.

"남당의 브레인이 주경진 씨라는 것은 다 알죠. 우리 팀과 손을 잡는 게 어때요?"

"팀이라니요?"

"양박사와 저희들 말인데요."

박소진은 그날 이미 문지수에게서 들은 모바일 혁명에 관한 이야기를 더 자세히 들었다. 박소진과 헤어져 나오면서 양천수를 움직이는 배후가 박소진이라는 강력한 느낌을 받았다. 장차 오혜빈 못지 않은 남당의 적이 될 여자이기도 하다는 생각을 했다.

주경진은 국회를 없애자는 제안을 양천수, 박소진 부부가 준비 중이라는 사실을 공대성 후보에게 보고했다.

"뭐야? 국회를 없앤다고? 그게 말이 되는 소리야? 대한민국은 민주공화국이고 삼권분립이 헌법으로 규정된 엄연한 민주국가인데 국회를 없애고 행정부, 아니 대통령이 독재를 하겠다는 거야? 행정부 감시기능이나 입법 행위, 국민 의견 수렴기관을 없애자는 것은 국가를 부정하는 행위야."

공대성이 펄쩍 뛰었다. 얼굴이 붉으락푸르락하고 주먹을 몇 번이나 쥐었다 폈다 했다.

"너무 흥분하지 마세요. 국회를 없애자면 헌법을 고쳐야 하고 헌법을 고치자면 국회를 거쳐야 하고, 또 국민투표를 거쳐야 합니다. 그런 일이 이루어질 것 같습니까? 만약 오혜빈 후보의 여당에서 양천수의 정책안을 받아들인다면 스스로 망하자는 짓이지요."

정문오 위원이 낮고 차분한 목소리로 말했다. 평소 흥분을 잘 하는 정문오와 공 후보가 서로 바뀐 것 같았다.

"양천수인가 뭔가 하는 자가 물리학자라고 했나?"

"장영실당을 만들 것이란 소문도 있습니다."

공대성 후보는 아직도 흥분을 가라앉히지 못하고 상기된 얼굴로 배덕신 사무총장을 돌아보았다.

"그렇습니다. 오혜빈 후보의 후배라고 합니다."

"오혜빈의 연하 애인이란 것은 확인하지 못했나? 그 뭐야 맨몸연댄가 하는*******"

"멘붕연대요. 멘탈붕괴"

정문오가 고쳐 주었다.

"양천수가 오혜빈의 비밀연인이건 아니건 그게 문제가 아니고 여당에서 양천수한테 속아서 그걸 정책이라고 들고 나오기만 하면 박살날텐데."

정문오가 혼잣말처럼 입 안에서 중얼거렸다.

주경진은 정문오의 중얼거림이 진심이 아닌 것 같아 그의 눈을 들여다보았다. 독심술을 활용하려는 것이었다. 그러나 정문오는 좀체 눈을 마주치지 않았다. 눈을 마주치지 못하면 눈동자를 통해 뇌를 들여다 볼 수 없기 때문에 독심술은 무용지물이다.

"저, 정 위원님!"

주경진이 정문오 앞으로 다가서서 큰 소리로 불렀다.

"왜 그래요?"

정문오가 눈을 크게 뜨고 주경진을 노려보았다.

"양천수가 대권에 꿈이 있는 것 아닐까요?"

주경진이 엉뚱한 소리를 했다. 그 동안에 정문오의 머릿속을 재빨리 읽었다.

'내가 멘붕연대 방영환과 토론을 벌여 국회 폐지론을 찬성한다면? 내가 뜨게 될까, 아니면 망하게 될까? 통 분간이 안 가네.'

정문오는 머릿속으로 엉뚱한 계산을 하고 있었다.

"정 위원님, 위원님이 멘붕연대 토론회에 남당의 대표로 나가 양천수와 국회 폐지론에 대한 토론을 벌리면 어떨까요? 사회는 물론 멘붕연대의 방용환이 할 것이고요."

주경진이 싱긋이 웃으며 말했다.

"허험, 내가 뭐 그 꽁지머리하고?"

정문오가 그 제안이 썩 마음에 들어할 것이라는 것을 주경진은 이미 알고 있었다.

　모든 핸드폰에 생중계되는 멘붕연대의 정책토론회가 열렸다. 물론 꽁지머리 방용환이 사회자이고 주요 토론자로는 남당의 정문오, 여당의 김마리, 그리고 중립을 표방한 양천수였다. 그 외에도 배덕신 남당 사무총장, 허연나 여당 사무총장이 참가했다.

　"멘붕연대를 아끼는 모티즌(모바일+시티즌) 여러분, 오늘은 국회를 없애자는 주제로 난상토론을 벌이겠습니다. 떠들어줄 사람은 여당의 김마리 위원, 언젠가는 대통령이 되고 싶은 양천수 박사, 그리고 남당의 실세 정문오 위원입니다. 자, 그럼 국회 폐지론을 제일 먼저 들고 나온 가칭 장영실당의 양천수 박사의 의견을 듣겠습니다."

　"저는 대통령이 되고 싶다고 공언한 일이 한 번도 없습니다. 더구나 장영실당은 아직 존재하지도 않습니다. 그리고 세상 사람들의 뒷담화에 오른 오혜빈 후보와 몰래 연애를 하거나 살룽 같은데 간 일은 더더욱 없습니다."

　양천수가 발끈했다.

　"아, 그런가요? 그런데 세상 사람들이 양 박사가 대권 꿈을 꾸는 줄로 알고 있으니, 세상이 오해를 했군요. 어쨌든 왜 국회가 없어져야 합니까?"

"여러분 우리나라 국회의원이 몇 명입니까? 300명이 넘지요. 이 사람들이 1년에 쓰는 돈이 얼마인지 아십니까? 아무리 적게 따져도 한 사람이 나라 돈 3~5억은 거뜬히 씁니다. 300명이 1년에 1천 5백억 원씩 쓰니까, 4년이면 6천억을 씁니다."

"잠깐, 뭔 돈을 그리 많이 쓴단 말입니까? 계산이 틀려요."
현역 의원인 김마리가 나섰다.

"계산 비슷합니다. 한 달 받는 것만 따져봅시다. 법무수당 540만원, 관련 수당 46만8천원, 입법 환급비 1백80만원, 급식비 13만원, 가계 지원비 86만 8천원, 특별활동비 하루 1만 8천원, 위원장이 되면 직급 보조비 연 1천 6백50만원, 보조원 4급 2명, 5급 2명, 6,7,9급 3명의 월급을 합치면 어마어마한 숫자가 나옵니다. 이것은 공식적인 수입이고 그 외에도 정치헌금, 겸직으로 받는 수입 등을 합치면 5억이 문제가 아닙니다."

양천수 박사가 숫자를 들이대며 말했다.
"선관위를 통해 지급되는 선거 비용은 어쩌구요."
허연나도 거들었다.

"기왕 돈쓰는 이야기가 나왔으니 나도 한마디 하지요. 모티즌 여러분, 국회가 쓰는 1년 예산이 얼마인지 아십니까? 5천억입니다. 4년이면 2조, 숨막히네. 이조 5백년 왕조, 이러니망했지."

 사회자 꽁지머리 박용환이 갑자기 형평을 잃고 열을 올리기
시작했다.

 "국회의원 경비도 제대로 계산한 것 아닙니다. 특별활동비,
해외유람하는 출장비, 질병이나 사망 때 받는 위로금, 물러
난 뒤에 죽을 때까지 받는 연금, 4년에 2조 원만 쓰겠습니까?
아휴, 말도 못해요."

 양천수가 한숨을 쉬었다.

 -해도 너무하네. 모두 자기들이 만든 법 아니겠어?

 토론 중계 도중에 국회의원을 욕하는 모티즌의 글이 수없이
올라왔다.

 -국회폐지 절대 찬성.

 -미친 넘들. 나라 거들 내겠구먼.

 -일당 몇 만 원에 목숨 걸고 일하는 사람들이 얼마나 많은
데....

 -그 돈이면 모든 대학생 등록금 반값으로 내리고도 남겠다.

 -아니야. 그 돈으로 노령 연금 지급 올려야 해.

 -그게 급한 게 아니야. 빚투성이 건강보험료나 국민연금 충
당해야 돼.

 -뭔 소리들 하는 거야? 핵폭탄도 만들고, 우주개발에도 투자
해야 돼.

수없이 많은 의견이 SNS를 시끄럽게 했다.

"국회가 없어져도 국회가 하는 기능을 모바일을 통해 국민이 직접 행사하게 되니까."

"잠깐만."

허연나가 양천수의 말을 끊었다.

"모바일 투표 관리가 쉬운 일이 아니잖아요. 누가 어떻게 조작할지도 모르는데⋯ 전번 대통령 후보 경선 때도 모바일 투표가 문제였잖아요. 몇 년 전에 유행하던 디 보트 여론 조사도 제대로 된 일있나요?"

허연나의 이의 제기에 양천수가 다시 나섰다,

"저희 연구소에서는 이미 국회 기능을 완벽하게 대행할 수 있는 '모바일 국민회의 제어본부'라는 앱을 개발해 놓았습니다."

양천수가 의기 양양하게 반박했다.

출마를 막으려는 협박 전화

모티즌들의 분노는 며칠 동안 계속되었다. 국회의원들이 그렇게 많은 돈을 받는 줄도 몰랐고, 국회 운영비가 그렇게 많은 줄도 몰랐던 것이다. 그런 와중에 모티즌에게 더욱 불을 지르는 사건이 생겼다.

이제 임기가 막 시작되는 새 국회에서 의원들이 제일 먼저 한 짓이 자기들 수당을 36%나 올린 것이었다. 정보가 밖으로 새나가지 않도록 쉬쉬하면서 규정을 통과시키려고 했는데, 국회 사무처 직원이 결재 서류를 책상 위에 두고 잠깐 나간 사이 SNS 기자가 들고 나가서 페이스북, 카톡, 트위터 등 모든 SNS 소스에 다 올려 버린 것이다.

- 국회의원 소환운동을 벌이자.

- 국회 해산 국민 투표를 하자.

- 국회를 빨리 없애자.

이런 이야기가 하루에도 수천만 건씩 올라오기 시작했다.

이렇게 되자 여당과 각 당의 대선대책본부에서는 신경이 곤두섰다.

남당에서도 가장 중요한 선거 아젠더가 국회 폐지론에 대한 대책이었다.

"국회를 없앤다는 것은 말이 안 됩니다. 우리 남당 의원들이 제 목이 달아나는데 대통령 득표운동을 하겠습니까?"

공대성 후보가 대책본부 간부들을 돌아보면서 연신 냉수를 들이마셨다.

"이게 모두 양천수란 엉터리 정치인의 꼼수가 빚어낸 재앙입니다. 정치가 무엇인지 정 자도 모르는 녀석의 헛소리를 가지고 큰일 난 것처럼 떠드는 우리 국민들도 문젭니다."

배덕신 사무총장이 옆 자리의 정문오 위원을 슬슬 곁눈질하면서 말했다.

"사실 정치인들이 얼굴에 철판을 깔고 부끄러운 짓을 아무렇지도 않게 저지른 것은 사실 아닙니까? 그러나 국가의 기둥뿌리를 빼서는 안 되는 일이지요."

"거 양천수가 민주주의를 말살시키려던 음모는 예전에도 있었어요. 연상의 여인 오 후보와 불결한 관계를 몰래 맺으면서 정당제도를 망가뜨리려는 획책도 했고, 뇌물을 주고 모바일에 관한 자기 논문을 학술지에 싣기도 했다는 소문이 파다해요."

대세가 굳어지자 배덕신이 막말을 하기 시작했다.

"만약 양천수가 대선에 나오면 이런 걸 모두 이슈로 삼아야 해요."

"양천수가 대선에 나올까?"

"지금 하는 행보로 보아서는 출마한 거나 다름없지요. 나오기만 하면 여자 문제와 뇌물 문제로 박살낸다는 경고를 해야 해요."

"그러면 협박했다고 역공세를 취할 텐데?"

"그게 뭐 겁납니까?"

정문오가 공대성에게 정면으로 이의를 제기했다.

남당은 모티즌의 아우성에 귀를 막자는 분위기였다.

그러나 여당의 대선본부에서는 의견이 좀 달랐다.

"국회 폐지론에 대한 우리의 입장을 밝혀야 할 것 같습니다. 세상이 이렇게 들끓는데 대통령 후보가 아무 정책도 제시하지 않으면 표를 얻을 수 있겠습니까?"

핵심 참모회의에서 오혜빈 후보가 입을 열었다. 그 때 뒤늦게 회의에 참석한 문지수가 들어왔다.

문지수는 주경진과 함께 아버지 문 원장과 기원에서 바둑을 두느라 시간 가는 줄 몰랐다. 문지수의 아버지 문국당 원장은 아마추어 7단의 바둑 고수였다.

주경진은 문국당 원장이 고수일 수밖에 없다고 생각했다. 왜냐하면 상대방의 머리속에 훤히 들여다볼 수 있는 독심술 달인이 상대가 다음 돌을 어디에 놓을 지 훤히 알 것아닌가. 그러나 독심술을 익힌 주경진은 상대방의 머리 속을 들여다보아도 바둑에는 큰 도움이 되지 않는다는 사실을 알았다. 바둑은 상대가 어떻게 두느냐에 따라 작전을 세워야 하기 때문에 상대의 다음 수를 정확하게 읽을 수가 없었다.

문지수는 7단인 아버지 못지않게 바둑을 잘 두어 초등학교 때는 프로 기사로 나갈 생각까지 했었다. 문국당 원장을 따르는 바둑 동호인들은 수백 명이나 되어 문국당파로 불리우는 세력으로 뭉쳐 있었다. 한편 이 세력은 밖으로 잘 알려지지 않은 비밀단체로 성장하고 있었다.

옛날 등산모임을 핑계로 정치 외곽단체를 만들던 모양과 비슷했다. 뒤늦게 참여한 주경진도 주요 멤버였다. 이 날은 문국당파의 중요 유단자들의 정규 승단대회가 있는 날이라 문지수가 늦게까지 관여하고 있었다.

"문지수는 어떻게 생각해?"

늦게 들어오는 문지수에게 오혜빈이 물었다. 문지수가 머뭇거리며 얼른 대답을 못하자 허연나가 말을 받았다.

"문 비서도 물론 국회 해산이 타당하다고 생각하고 있겠지요."

문지수는 재빨리 알아차리고 대답했다.

"국회를 해산하겠다는 공약을 발표하는 것이 옳은 일인지는 생각해 봐야 합니다."

허연나는 기껏 도와주었더니 엉뚱한 말을 하는 문지수를 화가 잔뜩 난 표정으로 노려보았다.

"생각해 봐야 한다고?"

"예. 국회를 폐지하면 현직 국회의원들이 모두 격렬히 반발할 것입니다. 반발하는 정도가 아니라 오 후보님을 자기들 목을 자른 원수로 생각하여 어떻게든 대통령으로 당선되지 못하게 자기 재산을 다 털어서라도 반대 운동에 나설 것입니다."

문지수의 목소리는 힘이 들어가 있었다.

"그러나 국민들의 정치 불신과 국회를 향한 분노를 막을 방법이 있습니까?"

김마리의 말에 허연나도 불만스럽게 말했다.

"국회의원이 너무 챙긴 건 사실이잖아요. 여당 대통령 후보

공약 제1번으로 국회폐지를 넣어야 합니다."

"국회 대신 국민들의 의견 수렴 기구로 국민회의 총무원 같은 것을 설치해야 합니다. 거기서 모바일을 통한 의견 수집과 국민 찬반 표결 등 입법부의 역할을 완벽하게 해야 합니다."

허연나가 양천수와 박소진에게서 들은 이야기의 용어만 조금 바꾸어 설명했다.

"총무원이 뭐야? 그게 국가 최고의결 총괄기구인데 기껏 총무원으로 해서야."

"총무원장을 격하하지 마세요. 종교 단체에도 총무원장이 짱이예요."

당의 총무원장격인 허연나 총장이 열을 올렸다.

한참 동안 갑론을박으로 의견이 분분했다.

"자자, 모두 조용히 하세요. 제가 결론을 내리겠습니다."

오혜빈 후보가 목청껏 큰소리로 말했다. 목청을 높이기는 했으나 연일 과도한 선거 연설로 목이 쉬어서 크게 들리지는 않았다.

"국회 폐지를 우리 여당 공약 제1호로 채택합니다. 허 총장은 내일 오전 10시 기자회견 준비하세요."

오혜빈 후보의 처연하리만큼 굳은 표정에 모두 입을 다물었다. 오 후보가 승부수를 던진 것이다.

이튿날. 여당 대통령 후보 오혜빈의 국회 폐지 공약 발표는 전국을 들끓게 만들었다.

- 이제 나라가 제대로 되려나 보다.
- 나라가 망하려면 무슨 변괴가 일어나지 않겠어. 암탉이 우는 거야, 암탉이.
- 역시 오혜빈이야. 누가 허벅지 스캔들 같은 졸렬한 스캔들을 터뜨렸어?
- 여걸 중의 여걸이야.
- 현역 국회의원들이 떨어뜨리고 말거야. 3백 명이 이를 갈고 나설 텐데.

정치인과 일반 국민의 의견이 확연히 달라졌다. 그러나 오혜빈은 국회 폐지 공약이 엄청난 표로 변해 자신에게 돌아올 것이라고 확신했다.

오 후보가 흐뭇한 기분으로 집에 돌아와 막 침대에 누우려는데 그때 스마트폰이 울렸다. 중요 참모들만 아는 비밀 폰이었다.

오혜빈이 얼른 스마트폰을 들었다.

"여보세요."

"오혜빈 여당 대통령 후보. 잘 들으시오. 당신은 선거 투표하러 갈 수 없을 것이오."

굵직한 남자 목소리였다.

"당신은 누구요?"

"곧 알게 될 것이오. 투표장에만 못 가는 것이 아닐 것이오.
어쩜 평생 정치를 못하게 될지도 모르지."

그리고 스마트 폰이 끊겼다.

드래곤 아이는 누구냐?

오혜빈이 후보가 된 후 처음 당하는 협박 전화는 아니었다. 그러나 그것이 주요한 대선 캠프 요원들만 아는 비밀 핸드폰으로 전화가 왔다는 것이 께름칙했다.

오 후보는 이런 정도로 밤잠을 설칠 정도의 여자는 아니었다. 정치를 하려면 경우에 따라 목숨도 내놓을 각오가 있어야 한다는 것도 잘 알고 있었다.

이튿날 기자 회견을 한 시간 정도 앞둔 9시께 대선 캠프의 핵심 측근들이 모였다.

"어제 밤에 나를 투표장에 가지 못하게 만들겠다는 협박전화가 걸려왔습니다."

오 후보가 선거대책위원 일행을 돌아보면서 약간 불안한 목소리로 말했다.

"그거야 어제 오늘일이 아닌데 뭐 신경을 쓰십니까?"

양천수가 대수롭지 않게 말했다.

"하긴 그렇습니다만."

잠깐 침묵하던 오 후보가 말을 계속했다.

"여기 있는 우리 위원들만 아는 비밀 핸드폰으로 전화가 걸려왔다는 것이 마음에 걸립니다. 우리의 비밀이 어디선가 새고 있다는 증거가 아닐까요?"

"꼭 그런 것은 아닐 것입니다. 통신 매커니즘에 누수 현상이라는 것도 있습니다."

허 사무총장도 대수롭지 않게 이야기했다.

"국회를 없앤다는 정책이 새 나갔을지 모릅니다. 국회의원이나 국회의원 지망생들은 자기 밥줄을 끊는 일이니 결사적으로 나올 수도 있습니다."

양천수가 회의용 노트북을 켜면서 말했다.

"실은 저한테도 협박 전화가 왔습니다."

잠자코 듣고만 있던 김마리 위원이 한마디 했다.

"예? 김 위원에게도요?"

오 후보가 눈을 크게 뜨고 김마리 위원을 쳐다보았다.

"오늘 새벽 채 잠에서 깨지도 않았는데 모바일이 요란하게 울려서 받아보았지요. 새벽 5시쯤 되었나?"

"그래 뭐라고 하던가요? 투표장에 못 나갈 것이라고 하던가요?"

"아니 그런 건 아니고 아주 황당한 소리를 하더군요."

"황당?"

모두 하던 일을 멈추고 김마리 위원의 입을 쳐다보았다.

"우리 여당 후보가 결정되기 전, 그러니까 당내 경선이 한창일 때 제가 기자들 앞에서 한 말을 물고 늘어지더군요."

"무슨 말이었지요?"

오 후보가 다시 귀를 바짝 세웠다.

"오혜빈 후보가 여당의 후보로 뽑힐 것이고 대통령으로도 당선될 것이 틀림없다. 내 예언이 안 맞으면 손바닥에 장을 지지겠다고 한 말을 가지고……"

"기억나요."

양천수가 몹시 궁금한 표정으로 말했다.

"그 따위 예언을 잘못한 6백 년 전의 드라곤 아이가 어떻게 된 줄 아느냐? 네가 그년과 같이 될 것이다 하고 으름장을 놓더라고요. 그리고 자기는 메두사라고 하던데요."

"뭐요? 6백 년 전의 드라곤 아이라고요? 그리고 메두사? 그년처럼 된다고 했다니, 드라곤 아이가 여자란 말 아닌가?"

양천수가 어이 없다는 표정으로 너털웃음을 터뜨렸다.

"어느 미친놈의 장난이군요."

허연나 사무총장도 따라 웃었다. 그러나 오 후보는 웃지 않았다.

"6백 년 전의 드라곤 아이라는 것이 무엇을 말하는 것입니까?"

"미친놈의 말에 뭐 그렇게 신경을 쓰십니까? 자, 오늘 발표할 정책 요지를 다시 검토합시다."

양천수 박사가 노트북을 열심히 두드리며 재촉했다.

정각 10시.

국회 여당 회의실에서 오 후보의 중요 정책 회견이 열렸다. 2백 명도 훨씬 넘는 각 신문사의 정치부 기자와 카메라맨이 운집했다.

오 후보는 오렌지색 정장에 흰 스카프와 검은 하이힐 차림이었다. 웃옷 왼쪽 가슴에 단 은색 브로치가 옷과 잘 어울려 우아하고 단아한 여인으로 돋보이게 했다.

기조 연설 중에 가장 하이라이트는 역시 국회 폐지론과 정부 부처의 개편안이었다.

"내가 대통령이 되면 우리나라를 통째로 바꾸어 놓겠습니다. 우리나라 헌법은 모든 권력은 국민으로부터 나온다고 되어 있습니다. 이 조항을 빼고는 헌법을 전면적으로 개정하겠습니다. 지금 우리나라의 주권, 즉 권리는 어디서 나옵니까? 국회의원이 가장 많은 권력을 휘두르지 않습니까? 대통령이 되면 권력을 쥐는 것으로 착각합니다. 사법권을 쥐락펴락하면서 국민을 마음대로 가두고, 세금이라는 명목으로 국민의 재산을 마음대로 거두어 마음대로 쓰고, 경제 민주화라는 미명 아래 소수 재벌에게 특혜를 주어 이들이 상속해 가면서 대대로 부를 누리게 하고, 국민에게 봉사한다는 이름의 공무원들이 쥐꼬리만한 권한을 사자 아가리처럼 벌리고 돈을 긁어 모으는 일이 어디 한두 군데서 이루어지는 일입니까?"

사방에서 눈을 뜰 수 없을 정도로 카메라 프래쉬가 터졌다.

"과감히 국회를 없애서 국민이 직접 모바일로 국정을 결정하게 할 것입니다. 아침밥 먹다가 잠깐, 점심 먹고 차 한 잔 하는 시간에 1~2분이면 자기 모바일을 열어 국정에 투표할 수 있습니다. 모든 국민의 모바일을 누가 관리하느냐하는 문제는 걱정 안 해도 됩니다. 모바일은 모바일 앱이 관리합니다. 국회 기능을 완벽하게 하기 위한 국민 애플리케이션 센터를 설치할 것입니다. 정부 부처도 이러한 혁명적 직접 민주주의에 맞게 개편할 것입니다. 모든 지방 행정기구는 폐지할 것입니다. 각자가 가진 모바일에 주민증, 의료보험증, 은행통장, 여권, 운전면허증, 인감 등이 다 내장되어 있는데 구청, 동사무소가 왜 필요합니까? 국민이 즐겁게 살기 위한 엔터테인먼트부, 관광여행부, 영양을 관리할 트레이닝부나 힐링부 같은 것을 만들 것입니다. 모든 국민이 관공서에 드나드는 일이 없게 될 것입니다."

그 때였다.

"긴급 질문있습니다."

여러 기자가 손을 들었다.

"저기 넥타이 맨 방송 기자분 말씀 하세요."

오 후보가 잠시 말을 끊고 한 기자를 손으로 가리켰다.

"정부 기구를 다 없애면 그 많은 공무원이 다 실업자가 되는데, 대책이 있습니까?"

"물론 있습니다. 국민들이 직접 관공서 드나드는 일은 없겠지만 공무원들은 모두 연구원이 되어 국민이 어떻게 하면 편리하게 잘 살게 될까 하는 연구를 해야 합니다. 고스톱이나 경마말고 더 즐거운 오락은 없는가? 밤낮 여행 다니는 타이나 필리핀 말고 더 싸고 좋은 관광지는 없는가, 그런 연구를 하게 될 것입니다."

오 후보의 새 정책 제안은 거센 폭풍을 일으켰다.

"일단 문제 제기는 잘된 것 같아요."

문지수가 회견이 끝나고 함께 오는 차 속에서 오 후보에게 말을 걸었다.

"문제 제기 정도로는 안 되지. 두고 봐. 이제 모두 표가 되어 구름처럼 몰려 올테니."

오 후보는 일단 만족해 하는 것 같았다.

"SNS에서는 반응이 어때?"

"공자왈연대와 삼강오륜지킴이 같은 데서는 오후보가 마침내 정신이 나갔다고 악평을 했고요."

"그리고?"

오혜빈은 별로 놀라는 기색을 보이지 않았다.

"멘붕연대는 10분 사이에 5만여 개의 댓글이 날아들었습니다."

"어떻게?"

"진짜로 그렇게 한다면 나라가 바뀔 것이라고 했습니다. 반대도 좀 있었습니다만, 대찬성이지요."

"내 예상대로군요."

오혜빈은 혼잣말처럼 하고는 엉뚱한 질문을 했다.

"6백 년 전 드라곤 아이는 무엇을 의미하는 걸까?"

"제 생각으로는... 음, 아버지가 하신 말씀인데요.

문지수가 잠시 머뭇거리다가 말을 이었다.

　　　　　　　　“너, 하트 좀 보내줘.”

　“6백 년 전에 드래곤 아이가 있었단 말이야? 드래곤 아이,
용(龍)의 아이란 말인가? 용도 아이를 낳나? 암룡과 숫룡이
있나?”
　오혜빈이 웃으면서 말했다.
　“글쎄요. 용에 성별이 있다는 말은 여러 가지 이론이 있습
니다. 흔히 흑룡이니, 청룡이니, 황룡이라는 말은 쓰지만 숫
용, 암용이라는 말은 들은 적이 없거든요.”
　문지수는 자신 없는 말투로 대답했다.
　“용의 알이란 말이 있는 것을 보면 분명 암룡, 아니 여자용

도 있을 것 같은데? 옛날 도자기 작품 같은 데 그려진 용도 여자 같은 용이 있고 남자처럼 보이는 힘찬 용도 있거든. 어떤 책에 보면 남녀용은 눈썹으로 섹스를 하고 알을 낳는다고 돼 있어."

오혜빈 후보가 갑자기 용에 대해 큰 관심을 나타내기 시작했다.

"하긴 용의 새끼를 교룡(蛟龍)이라고 하는 것을 보면 엄마 용이 있지 않을까요."

"그게 바로 드라곤 아이인가?"

"하지만 교룡이란 꼭 새끼용을 말하는 것은 아닐 수도 있습니다. 용이 탄생하려면 깊은 늪에서 이무기의 신분으로 엄청난 세월을 보낸 뒤 승천한다고 하잖아요. 그 이무기가 교룡이라는 설도 있거든요."

문지수는 할아버지에게서 들은 지식을 동원했다.

"용은 원래 임금을 상징하는 것이지. 최고 권력의 상징이라고나 할까. 우리나라에서는 대통령 후보를 용에 비유한 시절도 있었지."

"지금도 대통령 후보를 용으로 비유해서 말해요."

"그런데 김마리 위원을 보고 드라곤 아이의 신세가 될 것이라고 협박을 했다는데 그게 무슨 뜻일까?"

오혜빈이 궁금해 하던 쪽으로 다시 말머리를 돌렸다.

"6백 년 전 드라곤 아이의 신세가 된다고 했는데, 그건 아무래도 단종 때의 무당 용안을 말하는 것 같습니다."

"단종 때의 무당 용안이라고?"

오혜빈이 몹시 궁금한 표정으로 물었다.

"이것도 할아버지한테 들은 이야기인데요."

그 때 차가 대선본부 사무실 앞에 도착했다. 오혜빈은 문지수를 놓아주지 않고 자신의 사무실로 데리고 들어갔다. 비서실에 먼저 와 기다리고 있던 김마리 위원과 허연나 사무총장 겸 대변인도 함께 안으로 들어갔다.

"문 비서가 드라곤 아이에 대해 설명을 하려고 하는데 마침 장본인이 잘 오셨네요."

오혜빈이 김마리를 보고 자리를 권하며 말했다.

"그까짓 협박에 신경 쓰실 것 없습니다. 내가 드라곤 아이처럼 된다고 했는데, 협박에 좀 모양 나게 폼세있게 하려고 한 소리일 것입니다."

"그래 드라곤 어린이에 대해 설명해 보세요."

오혜빈 후보는 김마리의 말을 귓전으로 흘리며 문지수의 입을 쳐다보았다.

"어린이가 아니고 아이입니다. 아무래도 영어의 눈, eye 같아요. 그렇다면 용의 눈이란 뜻으로 봐야 할 것 같습니다. 용의 눈, 즉 한자로 쓰면 용안(龍眼)이지요. 용안은 임금의 얼굴을 말하기도 하지요."

"음 용안은 임금의 눈이 아니고 얼굴 용자, 즉 얼굴이란 뜻이잖아. 그런 데 아이가 눈이란 뜻일 수도 있구나."

오혜빈이 고개를 끄덕였다.

"6백 년 전 단종시대에 한양 장안에 용안(龍眼)이라는 아주 잘 나가는 무당이 실제로 있었답니다. 요즘도 정치인이나 높은 자리에 있는 분들 중에는 용한 역술가를 찾는 사람이 많다는 말을 들었습니다만, 그 때도 그랬던 것 같아요. 용안 무당의 집에는 궁중 종친들로부터 정승, 판서들이 줄을 섰다고 하니까요. 한국민속신앙사전에 보면 용안이 영월에 유배되어 있던 단종의 외할머니 화산부인 최씨의 안내로 단종의 거처에까지 가서 굿을 했다는 기록이 있습니다."

김마리가 문지수의 말허리를 끊고 나섰다.

"그럼 나를 그 무당에 비유해서 한 말이냐?"

"문비서 이야기를 더 들어 보시죠."

오혜빈이 김마리와 허연나의 얼굴을 번갈아 보면서 문지수를 재촉했다.

"그래서?"

"당시 왕실은 어린 단종이 왕위에 오르자 대신과 대군들 사이에 권력 다툼이 일어나 나라 장래를 한 치도 내다볼 수 없는 위급한 상황이 되었지요."

"권력 싸움의 핵심은 세종의 명을 받아 고명대신이 된 김종서, 황보인 등과 반대 세력인 수양대군 일파가 아니었습니까?"

허연나가 보충 설명을 했다. 그러나 그것은 모두가 아는 이야기였다.

"그런데 김종서가 안평대군을 앞세우고 단종을 밀어낸다는 소문을 수양대군 측에서 퍼뜨리고 있었지요. 말하자면 김종서를 치기 위한 명분 축적이었습니다."

"명분 축적에는 유언비어가 최고지. 흑색 선전에 능한 자가 권력을 잡는다는 것이 요즘의 명언이야."

김마리가 한숨을 한 번 쉬었다.

"안평대군 이용은……"

"뭘 이용해요?"

허연나가 물었다.

"이용, 안평대군의 성이 이 씨요, 이름이 용입니다. 안평대군은 그때 무계동이라는 인왕산 계곡에 그림 같은 집을 짓고 묵객, 화가들을 초청해 풍류를 즐기며 한가롭게 살고 있었습니다. 그 집을 무계정사라고 했습니다. 그런데……"

"무계동이란 경치가 기가 막힌다는 무릉도원의 이름을 딴 것인가?"

오혜빈이 물었다.

"그렇습니다. 그 무계동이라는 곳의 위치가 경복궁의 뒤안 길이었습니다. 그런데 장안의 여러 풍수 지략가들이 그 자리는 왕이 나오는 자리라고 예언했습니다. 안평대군의 역모설을 만든 근거가 되었습니다. 이를 핑계로 수양대군이 김종서 등 훈구파를 모두 베어버렸죠."

"말하자면 혁신 세력이 보수 세력을 박살낸 케이스구면."

김마리가 오혜빈 후보를 쳐다보며 말했다.

"그런데 용안이라는 무당은 수양대군이 왕이 될 것이라는 예언을 하여, 수양대군파로부터 융숭한 대접을 받았지요."

"그럼 내가 오혜빈 후보가 대통령이 될 것이라고 예언한 것이 적중한다는 뜻 아닌가. 그런데 그게 뭐 협박이 돼?"

김마리가 다시 문지수의 입을 쳐다보았다.

"그 뒤가 문제였습니다. 열두 살의 어린 나이인 단종이 왕위에 올랐다가 숙부 수양대군에게 용상을 뺏기고 영월로 귀양 가 있을 때 무당 용안이 간 큰 예언을 했습니다."

"뭐라고?"

"단종 임금이 다시 용상으로 돌아올 것이라고."

"엥?"

모두 뜻밖이라는 표정을 지었다.

"노발대발한 수양대군은 용안에게 극형을 명합니다. 용안은 광화문에서 산 채로 사지를 찢어 죽이는 거열형을 당하고 머리를 저자 거리에 사흘이나 걸어두는 끔찍한 죽음을 당하게 됩니다.”

“그럼 나를 사지를 찢어 죽이겠다는 말이야? 이 나쁜 놈들”

김마리가 손을 부들부들 떨었다.

“우리가 집권하면 이런 흑색선전부터 뿌리를 뽑아야 합니다. 자, 점심시간인데 기자들이 모여 있는 식당으로 가시죠.”

오혜빈이 일어서자 모두 따라 나갔다. 그러나 문지수는 대선 캠프 어귀에서 주경진과 딱 마주쳤다.

“주 선배, 여기서 기다린 거야?”

문지수는 반가워 주경진의 손을 덥썩 잡았다.

“아니 지나가는 길이야.”

문지수는 주경진의 말을 들은 체도 않고 그를 끌고 지하 카페로 들어갔다.

“나 지금 바쁜데...”

주경진은 문지수의 손에서 벗어나고 싶은 생각이 역력했다. 그러나 문지수의 눈 속을 들여다보고는 포기할 수밖에 없다는 생각이 들었다. 문지수의 머릿속은 벌써 주경진과의 베드신으로 꽉 차 있었다.

“우리 여기서 간단히 먹고.... 하트 좀 줘.”

“내 하트를? 사랑해 달라고?”

"애니팡 안 하니?"
문지수가 심술궂게 웃었다.

빈붕연대와 오떨모

 대통령 후보 등록 4개월을 앞 둔 시점에서 남녀 양당의 후
보는 결정되었지만, 아직 군소 정당과 무소속은 후보를 내지
않고 있었다.
 그런데 오혜빈 후보가 국회 폐지 등 파격적인 선거 공약을
내놓자 정치판이 들끓기 시작했다.

 남당의 공대성 캠프 최고 참모 회의장은 활기가 넘쳤다.
 "오혜빈 후보가 국회를 없애겠다는 공약은 우리에게 행운
을 안겨준 것입니다."

정문오 위원의 입이 다물어지지 않았다. 주경진은 아무래도 그 웃음이 본심이 아닌 것 같아 순간적으로 정문오의 눈을 들여다보았다.

'흠, 판 잘 돌아간다. 이렇게 되면 아직 임기가 남은 국회의 원들과 국회의원이 되겠다고 벼르고 있는 수만 명의 정치 예비군이 가만히 있을 것 같아? 곧 무슨 정치 변혁이 일어나고 선거를 연기하거나 못하게 될 수도 있어. 그렇다면 나에게도 다시 기회가? 흐흐흐.'

정문오의 흑심을 읽은 주경진이 회심의 미소를 지었다. 헛물켜고 있다고 충고해 주고 싶기도 했다.

"정국이 수상하게 돌아가지 않습니까? 현역 국회의원이나 정치를 하겠다고 벼르는 판검사, 장차관들이 가만히 있겠습니까?"

주경진이 정문오의 얼굴을 슬금슬금 보면서 말했다.

"무슨 그런 일이야 있으려고. 이제 우리 공대성 후보의 승리만 남은 것입니다."

정문오는 속마음과는 전혀 다른 말을 했다. 주경진이 이번에는 공대성의 눈을 들여다보았다.

'저 음흉한 정문오란 놈이 마음에 없는 소리를 하는구나. 내가 대통령이 된 뒤에 보자. 네놈은 찬밥 신세가 될 테니까.'

주경진은 다시 쓴 웃음을 지었다. 이런 것이 정치로구나 하는 생각이 들었다. 어젯밤 문지수와 꼬박 밤을 새웠지만 피곤하지도 않았다.

한편, 오혜빈의 대선 캠프에는 긴장감이 감돌았다.
"뭐야? 또 협박 글이 올라왔다고?"
오혜빈 후보의 신경이 더욱 날카로워졌다.
"예. 페이스북, 카카오톡, 트위터 등 SNS는 물론이고, 모든 포털의 게시판에 다 올라와 있어요."
허연나가 보고했다.
"뭐라고 한 거야?"
"국회를 폐지하고 독재를 펴려는 오혜빈을 대통령으로 뽑으면 안 된다는 내용이 대부분입니다."
"미친 것들이야. 그게 옳은 방법이라고 적극 지지하는 유권자도 상당합니다."
김마리가 제동을 걸었다.
"정책을 발표했을 때 아무 반응이 없는 것이 제일 나쁜 경우입니다. 그런데 이번 공약에 대해서는 찬반론으로 전국이 불붙었습니다. 이것은 우리에게 절대로 유리한 현상입니다."
김마리가 목에 힘을 주었다. 귀를 기울이고 있던 오혜빈이 빙그레 웃었다.

"사랑을 할 때도 상대방이 아무 반응이 없을 때가 제일 나쁜 경우이긴 하지."

"아니, 오 후보님도 사랑을 해 보았습니까? 어떤 남자였어요?"

허연나가 귀를 쫑긋 세웠다.

"연하의 과학자는 아니니까 걱정 말아요."

오혜빈이 웃으면서 말했다.

"어! 이건 또 뭐야?"

그 때였다. 김마리가 스마트폰을 들여다보다가 말했다.

"무슨 일이십니까? 김 위원님."

김마리는 스마트폰에 들어온 문자를 곧 화면에 크게 설치되어 있는 모니터로 전송했다. 양천수가 만들어 납품한 장치였다. 김마리의 핸드폰 문자가 스크린에 크게 떴다.

- 오혜빈을 자진 사퇴시키지 않으면 당신이 먼저 당할 것이오. 빈붕연대.

"빈붕연대는 또 뭐야?"

"멘붕연대 동생인가?"

위원들이 각각 한마디씩 했다.

그러나 곧 그게 무슨 말인지 설명하는 문자가 김마리의 핸드폰을 통해 스크린에 떴다.

빈붕연대는 오혜빈을 붕괴시키는 게 목적인 시민운동이다.

모두 어안이 벙벙해졌다.
"내 핸드폰에도 떴는데요."
오혜빈 후보가 자신의 핸드폰 문자를 스크린으로 보냈다.

우리는 오혜빈 낙선을 위해 뭉쳤다. 오떨모.

"이건 또 뭐야? 오떨모? 음 "오혜빈을 떨뜨리기 위한 모임'
의 약자로군."
오혜빈 후보가 설명했다.
"이게 모두 선거법 위반 아닌가요? 먼젓번 김 위원에게 보
낸 드라곤 아이도 그렇고요. 경찰에 고발해야 하지 않을까
요?"
문지수가 제안했다.
"경찰에 고발해 보았자 소용없어요. 경찰은 수사권이 없어
요. 검찰에 고발해야 합니다."
허연나가 거들었다.
"대통령 후보가 유권자 단체를 고발하는 것은 모양이 좋지
않아요. 반대하는 유권자가 있어야 찬성하는 유권자가 긴장

하게 되고 더 단단하게 뭉치는 경우도 있습니다. 국회 해산을 찬성하는 유권자가, 특히 남자 유권자 중에 상당수가 있다는 신문 보도도 있지 않았습니까?"

"그건 여당을 지지하는 여성 일간지였는데."

문지수가 혼잣말처럼 나직하게 말했다.

"빈붕연대나 오뗠모, 모두 국회의원들이 만든 조직 아닐까요?"

문지수가 다시 물었다. 그러나 아무도 대답하지 않았다.

그 다음날 남녀 대선 캠프를 깜짝 놀라게 하는 일이 여기저기서 다시 일어났다.

그 중 하나는 멘붕연대가 주도하는 SNS 생중계 기자회견이었다.

꽁지머리 방영환이 화면에 나타났다.

"오늘 남녀 양당에 제동을 걸기 위해 대통령 출마 선언을 하는 멋쟁이 후보를 소개합니다."

화면에는 뜻밖에도 강로리가 나타났다. 어깨가 다 파이고 가슴이 거의 드러난 차림의 강로리는 짙은 화장을 한 얼굴이었다. 동성애와 자유연애를 주장해서 유명한 TV 탤런트다운 차림이었다.

"강로리! 강로리!"

사람들이 강로리의 이름을 연호하기 시작했다.

"나는 이 나라가 어디로 가는지 걱정이 되어 그냥 침대에서 사랑놀음이나 하고 있을 수가 없었습니다. 내가 나가서 이 나라를 건지고, 각종 제도와 관습에 묶여 있는 사람들을 해방시켜야 하겠다는 결심을 했습니다. 저는 대한민국 대통령 후보로 출마할 것을 모든 모티즌, 네티즌 앞에 엄중히 선언합니다."

"와! 와!"

환호성이 쏟아져 나왔다.

"어떤 제도가 관습에 묶였다는 말씀이십니까?"

사회자 방용환이 물었다.

"일부일처제."

"예? 일부일처제를 반대한단 말입니까?"

"물론입니다."

강로리는 얼굴에 함박 웃음을 띠고 자신있게 대답했다.

일부일처제는 위헌이다

"일부일처제를 폐기한다는 게 무슨 말입니까?"

모티즌들의 질문이 강로리의 스마트폰에 빗발쳤다.

강로리는 중계하고 있는 모바일 인터뷰에서 즉석 대답을 하고 있었다.

"우리나라의 어떤 법률에도 남녀가 일부일처제를 지켜야 한다는 강제 조항은 없습니다. 따라서 간통죄, 중혼죄, 혼인 빙자 간음 같은 네거티브 법률만 손질한다면 모든 국민은 적어도 연애와 혼인에 관해서는 자유로워질 것입니다."

"맞아, 맞아. 그러고 보니 우리는 엉뚱한 것에 묶여 살았군.”

“그래서 저는 이런 법이 위헌이란 헌법소원을 낼 생각입니다.”

“강로리를 대통령으로.”

여기저기서 뜨거운 박수와 함께 찬성의 목소리가 높아졌다.

“돈 많은 재벌 총수, 2세들이 수십 명의 여자를 농락한다는 현 실태를 모르십니까? 이 무슨 금수(禽獸) 같은 소리요?”

“개소리다! 집어치워라!”

극도로 흥분한 모티즌의 반발도 만만치 않았다.

“동방예의지국을 금수의 세상으로 만들려는 저 여자를 당장 끌어냅시다.”

“금수가 뭐요?”

“금수? 수출 금지한다는 뜻 아니오? 남자의 씨앗을 아내 아닌 다른 여자한테 수출하면 안 된다는******”

누군가가 제멋대로 한자를 해석했다.

“우리는 공자왈연대다. 강로리는 즉각 국민에게 사과하라. 우리 국민을 짐승으로 보느냐?”

“우리 삼강오륜지킴이는 공자왈연대와 연대해서 강로리를 막을 것이다. 힘으로 안 되면 무기로도 막을 것이다.”

“뭐야? 폭력을 쓰겠다는 거야?”

“미친 짐승에게는 채찍과 도끼와 총알이 약이다!”

누군가가 막말까지 서슴지 않았다.

"강 후보가 함께 잠자리한 남자는 몇 명이나 되나요?"

사회자 방용환이 격렬한 논쟁을 딴 곳으로 돌리기 위해서 엉뚱한 질문을 했다.

"그걸 계산하는 여자도 있나요? 요즘이 성춘향 시대입니까?"

"오혜빈 후보와의 동성애는 진도가 어디까지 나갔었나요?"

한 모티즌이 식은 화제를 다시 꺼냈다.

"그건 노코멘트. 이제 같은 후보가 되었는데 우리는 페어플레이 해야 하지 않겠습니까? 한마디만 덧붙인다면 여러분은 오 후보의 몸매를 잘 보았을 것입니다. 그만하면……"

"양천수가 숨겨둔 오혜빈의 애인이라는 것 맞습니까? 혹시 강로리, 양천수, 오혜빈 이렇게 스리섬이라도……"

"아니면 오혜빈, 양천수, 박소진 이렇게 셋이서"

모바일에는 별의별 끔직한 이야기가 다 올라왔다.

"양천수 박사는 저와 법률적 부부가 아닙니다. 저와 양천수 박사의 애정 생활은 완전한 자유를 누리고 있지요."

뜻밖에 박소진의 해명이 올라왔다. 회견이 이상한 방향으로 가자 방용환이 수습에 나섰다.

"강 후보는 장차 오 후보와 단일후보 경쟁을 할 계획으로, 동성애자의 입장에서 작전상 출마를 한 것은 아닌가요? 적당히 유권자를 확보한 뒤 돈이나, 집권 후의 한 자리를 약속하고 중도 사퇴한다든지 하는 계획이 있습니까?"

방용환이 강 후보를 점점 곤란하게 하는 질문을 했다.

"물론입니다."

"예?"

강 후보가 뜻밖의 대답을 하자 모티즌 대부분은 입을 딱 벌렸다.

"만약 오혜빈 후보가 돈을 원한다면 제가 후원금을 받아서 줄 것이고, 총리 자리를 원한다면 총리 자리도 줄 용의가 있습니다."

강로리는 미소를 머금기까지 하면서 여유를 보였다.

"그렇게 자신이 있습니까?"

"제 지지자가 가장 폭이 넓을 것입니다. 우선 자유연애주의자, 즉 젊은 층의 대부분은 저를 지지할 것이고, 동성연애 운동 세력인 동당이 지지할 것입니다. 같은 여성으로서 여당 유권자의 적어도 3분의1은 저를 지지할 것이고, 특히 남당이 저를 대거 지지하고 있습니다."

"남당 유권자가 지지한다고요?"

방용환이 의외라는 표정을 지었다.

"물론입니다. 간통 폐지, 일부일처제 폐지를 꿈꾸어 보지 않은 대한민국 남자가 몇 명이나 되겠습니까? 서너 명의 여자와 동시에 살아봤으면 하고 몽상을 해본 남자가 얼마나 많은지 아십니까? 당연히 제 정책을 지지하지요."

강로리는 여전히 자신만만했다.

"지금 보수 시민단체들이 벌떼처럼 일어나 폭력 사용까지 들고나왔는데 생명의 위협을 느끼지는 않습니까?"

"저같이 아름다운 여자를 다치게 하거나 죽인다는 것은 대한민국의 국가적 손실이 될 것인데, 그런 무모한 일이 일어날 리가 있습니까?"

"결혼할 생각은 없습니까?"

사회자 방용환이 다시 물었다.

"장차는 혼인제도라는 것을 없앨 것인데 그런 의미 없는 질문은 거두시지요."

"보부아르 부인과 사르트르 같은 계약 결혼 생활을 자유 혼인의 본보기로 생각하십니까?"

대학 교수라고 밝힌 어느 모티즌이 질문을 했다. SNS로 들어오는 중요한 질문은 방용환이 픽업해서 재 질문했다.

"그건 유치한 연애 장난입니다. 한 남자가 한 여자와 일생을 살든, 한 남자가 여러 여자와 며칠을 살든, 또는 한 여자가 여러 남자와 평생을 살든, 이게 모두 자유로워야 진정한 인간적 삶입니다. 일부일처로 평생을 살고 싶으면 그것은 아무도 말려서는 안 됩니다. 따라서 한 사람이 여러 상대와 산다는 것도 존중해야 합니다. 간통이 뭡니까? 이런 치졸한 단어는 우리 사전에서 없애야 합니다."

"옳소!"

"멋지다."

"대통령감이다. 모두 찍읍시다."

지지의 목소리가 쏟아지는가 하면 극렬한 반대도 그치지 않았다.

"저 미친 여자를 쫓아내라!"

"몽둥이밖엔 약이 없다."

이렇게 출마 선언과 함께 소란을 떤 강로리는 유권자들에게 큰 충격을 주었다.

이튿날 매스컴에서는 일제히 여야 후보와 강로리에 대한 여론 조사가 발표되었다.

- 오혜빈 후보 38.2%

- 공대성 후보 37.3%

- 강로리 후보 24.0%

모두가 깜짝 놀랐다. 미친 정책이라고 비난을 받은 강로리의 어이 없는 정책이 먹혀 들어갔다.

여론 조사 결과를 보고 여야 양쪽 진영에서도 경악했다. 결코 논외의 후보가 아니라는 사실이었다.

"며칠 뒤면 강로리 후보가 올라설 수도 있을지 몰라. 이놈의 세상이 미쳤나."

여당 사무총장이 볼멘소리를 했다.

"대부분의 지지표가 우리 여당 유권자가 아닐까요? 같은 여성끼리니까."

김마리 의원의 말을 허연나가 가로 막았다.

"그렇지 않을 것입니다. 여자들은 강로리를 좋아하지 않습니다. 문제는 쓸개 빠진 남자들입니다. 간통제 폐지니, 일부일처제 폐지니 하는 망녕된 소리에 장난으로 찬성한 것입니다."

"이 나라를 소돔이나 고모라로 만들자는 것인가. 미친⋯⋯"

좀체 냉정을 잃지 않는 오혜빈 후보도 단단히 화가 난 것이 틀림없었다.

아니나 다를까. 이틀 뒤에 발표된 어느 방송사의 여론 조사는 강로리의 존재를 더욱 부각시켰다. 오차 범위 내외라고는 하지만 강로리의 지지자가 2~3% 높아지고 공대성 후보의 지지가 2~3% 낮아졌다. 오혜빈 후보는 제자리걸음이었다.

그런데 점점 흥미로운 양상으로 전개되고 있는 대선 레이스에 또 다른 엄청난 충격이 가해졌다.

국민 음주 정량제

　양천수 박사가 갑자기 기자 회견을 열었다. 전날 SNS 등의 모든 매체에 메시지를 보내고 대선에 관련된 중대 발표를 할 것이란 예고를 했다.

　청계천 시민들의 쉼터에서 열린 양천수의 회견은 모든 영상 매체들이 동시에 중계를 했다.

　"국민 여러분! 지금 대선 출마를 선언하고 나온 3명의 후보들은 정말 대통령 자격이 있을까요? 저는 이 사람들은 절대로 대통령감이 아니라고 생각합니다. 왜냐 하면 이들은 미래 사회를 전혀 내다보지 못하는 정책을 내놓고 있습니다. 단한 가지 오혜빈 후보의 국회 폐지론 하나만은 쓸만합니다. 그러나 그것도 구체성이 없고 후속 대책이 완벽하지 못한 어설픈 장난입니다. 저는 더 이상 이 나라가 아마추어의 손에 넘어가는 것을 방관할 수 없어 대통령에 출마하기로 결심했습니다."

기존 후보들을 헐뜯고 나온 양천수의 출마 선언은 처음에는 주목을 끌지 못했다. 그러나 몇 가지 획기적인 제안은 국민들의 관심을 끌었다.

모든 국민은 술과 담배를 절제해야 한다는 파격적인 제안이었다.

"5년 전에 '저녁이 있는 삶,이란 것을 들고 나온 정치인이 있었습니다. 물론 성공하지는 못한 슬로건이긴 했습니다만. 그러나 진정 저녁이 있는, 가족과 함께 도란도란 저녁 한때를 보내는 국민이 되려면 술을 없애야 합니다. 아니 없애면 안 되겠지요. 제사 때 제주로 써야 하고, 공사판 돼지 머리 고사 지낼 때도 뿌려야 하니까. 그래서 술을 일정량 이상 마시지 못하게 하자는 것입니다."

"웃기는 소리하고 자빠졌네."

청중 한 사람이 핸드마이크로 크게 떠들었다.

"자빠지다니? 그런 말 쓰면 당신 판매금지 당해. 싸이의 라이트나우가 금지곡된 것 몰라?"

"우하하...."

회견장이 갑자기 폭소판이 되었다.

"우리나라 국민의 평균 주량은 소주의 경우 남자는 한 병 반, 여자는 한 잔 반입니다."

"맥주도 마시잖아요?"

여자 청중이 질문했다.

"그렇습니다. 맥주는 남자 2병, 여자 한 병이라는 통계가 나와 있습니다."

"그래서 그것을 법으로 못 마시게 한단 말입니까? 그게 말이 되나요?"

보수골통 신문으로 유명한 어느 신문 기자가 물었다.

"제가 그 구체안을 제시하겠습니다. 모든 국민이 그날 마시는 술에 대한 실태를 관찰하는 전담 기구를 둡니다. 거기서 분초마다 18세 이상 국민이 마시는 음주량의 총량, 국민 평균 주량을 리얼 타임으로 집계합니다. 그래서 국민 주량의 평균치가 넘으면 일단 경고를 합니다. 경고를 해도 계속 수치가 올라갈 때는 제동을 걸어 술을 못 마시게 한다는 제안입니다."

"말도 안 되는 소리입니다."

청중이 모두 비웃었다. 그러나 양천수는 조금도 표정을 바꾸지 않고 진지하게 다시 설명을 했다.

"우리 국민들은 모바일이 없으면 잠시도 생활할 수 없을 것입니다. 모바일은 모든 신분증명, 은행계좌를 비롯해 개인의 신상에 관한 것과 움직임이 모두 기록되어 개인 CCTV 역할하게 됩니다. 그래서 모바일 없이는 술집에도 가기 어렵고 외출도 하기 어렵게 됩니다. 모든 모바일에는 주인의 DNA가 심어져 있을 것입니다. 그뿐 아니라 저희 연구소에서는 모바일 주인이 술을 마시면 혈중 알콜 도수도 감지하도록 하는 앱을 벌써 개발해 두었습니다."

"무슨 개소리야?"

불만이 터져 나오기도 했다.

"개인의 모바일을 통해 누가 술을 얼마나 마시고 있는가 하는 것을 모바일 중앙 제어기구에서 집계 분석을 자동으로 하게 됩니다. 주량이 오버되면 모바일을 통해 주인에게 알려주기도 합니다. 그래도 계속 술을 마실 때는 기록해 두었다가 과태료를 엄청나게 붙이는 제도를 도입할 것입니다."

"그러면 국가 수입이 늘어나겠네."

"마누라말고도 술 감시원 하나 더 생겼네."

"이봐요, 양천수 박사. 그러면 모든 국민을 모바일로 묶어 두겠다는 것입니까? 그러다가 우리가 모두 모바일 포로가 되는 것 아니오?"

"기가 막혀. 조지 오웰이 다시 나왔군."

여기저기서 불평이 터져 나왔다.

"그렇습니다. 여러분을 감시하는 사람이 하나 더 나타나 여러분을 24시간 감시합니다. 그러나……"

양천수는 잠시 사방을 둘러본 뒤 말을 이었다.

"모바일이 바로 우리들의 국가요, 상전이요, 친구요, 보호자입니다. 그뿐입니까? 우리들의 은행이고, 지갑이고, 면허증이고, 도서관이고, 영화관이고 가족입니다. 혼자 사시는 독신 가정 외톨이의 진정한 친구는 여러분의 모바일입니다. 모바일 없이는 아무것도 못하고 모바일 없이는 사는 재미가 없어지게 될 것입니다."

"하긴 그렇기도 해."

젊은 층에서는 고개를 끄덕였다.

"담배는 어떻게 통제한다는 거요?"

"내가 국가 운영을 맡으면 아예 전매청, 아니 담배회사를 없앨 것입니다. 처음엔 담배 한 갑에 백만 원쯤 받으면 어떨까 하는 생각을 했습니다만, 하룻밤에도 몇 백만 원씩 쓰는 사람들이 있기 때문에 제도적으로 금연해야 한다고 생각합니다."

"그럼 국가 세입이 팍 줄 텐데."

"그뿐인가? 담배 농사짓는 농민들은 어떻게 하란 말이야?"

다시 터져나온 기자들의 질문에 이번에는 곁에 있던 박소진이 미소를 지어 보이며 설명했다.

"담배 농사는 계속 짓게 하고 정부가 백프로 수매해서 외국에 수출을 하면 돼요."

청계천 광장에서 열을 뿜는 양천수의 기자 회견을 양당의 대선 캠프에서는 생방송 중계 화면으로 보고 있었다.

"아니 저건 우리 여당의 정책을 훔쳐 간 것이 한두 건이 아닌데."

허연나 사무총장이 흥분했다.

"국회를 없애자는 것은 완전 표절이야. 그리고 모바일로 주민증, 여권, 면허증, 은행통장 대신하자는 것도 우리 정책 표절한 것 아닙니까?"

김마리 위원도 한마디 했다,

"하지만 모바일 정책이나 국회 폐지론의 원천 아이디어는 양 박사한테서 나온 것 아니던가요?"

문지수가 허연나와 김마리 위원을 번갈아 보면서 말했다.

"꼭 양천수한테서 나온 아이디어라고는 할 수 없지요. 오 후보도 여러 번 비슷한 발언을 해왔잖아요."

허연나가 반박했다.

"어쨌든."

한참동안 침묵하고 있던 오혜빈 후보가 입을 열었다.

"사실 공약이란 것은 부질없는 일이지요. 당선 된 뒤에, 아니 임기 내에 꼭 이룬다는 보장도 없고, 또 시행착오라는 것도 있지요. 10년 전 모 후보가 4대강 운하를 만들겠다고 떠들었다가 그만둔 일도 있지 않습니까? 표가 될 만한 아이디어가 있으면 무조건 떠들어 놓고 보는 게 정치인들 아닙니까?"

오혜빈 후보는 자기 편에 서 있다고 생각한 양천수가 선거판에 뛰어드는데 적잖은 충격을 받은 것 같았다.

한편 공대성의 남당 캠프에서도 충격을 받았다.

"강로리는 여자니까 여당 표나 갉아먹을 것이라고 볼 수 있지만 양천수는 달라요. 저 녀석이 당선도 되지 않으면서 우리 남성표를 갉아먹게 될 것 아닙니까?"

정문오가 목청을 높였다.

"꼭 그렇게만 볼 수도 없습니다. 지금 오혜빈의 여당 캠프에서 나온 공약을 그대로 받아 떠든 것이 대부분입니다. 그렇다면 틀림없이 여당에 불리한 출마입니다."

배덕신 사무총장이 공대성 후보의 얼굴을 슬금슬금 보면서 말했다.

"화폐 폐지론 같은 것은 우리도 거론한 것 아닌가? 주경진 실장은 어떻게 보는가요?"

공대성이 주경진을 쳐다보았다.

"우리 당에 완전 불리한 상황이 전개될 것 같습니다."

주경진은 비장한 표정으로 입을 열었다.

어떤 여자가 강남 스타일이냐?

"지난번에 간통제 폐지와 일부일처제 위헌 발언 때는 많은 남성 유권자들이 찬성을 했지만."

주경진은 말을 잠깐 멈추고 공대성 후보의 눈동자를 보았다. 공 후보의 진심은 어디 있는지 보고 싶었다.

- 일부일처제, 간통죄 폐지는 수많은 남자들이 바라는 이상 세계 아닌가. 아! 그렇게 된다면 조연하, 김하진, 모두 내 마누라로. 합법적으로 흐흐흐……

공대성 후보는 실로 엉뚱한 생각을 하고 있었다. 빗나가도 너무 빗나간 생각이었다.

그런데 조연하, 김하진은 도대체 누구란 말인가? 주경진이 잠깐 생각에 잠겨 있는 사이 정문오가 재촉했다.

"왜 그것이 우리 남당에 그렇게 불리하단 말이오?"

"간통죄 폐지나 일부일처제가 위헌이라고 한 것은 남자들이 꿈속에 그리던 이상향을 말합니다."

"뭐야, 이상향? 이 나라 남편들을 뭘로 보고 하는 말이야?"

공대성이 목청을 높였다. 주경진은 웃음이 터져나올 것 같아 헛기침을 했다. 공 후보가 생각과는 반대되는 이야기를 저렇게 눈 하나 깜짝 않고 한다는 것이 신기했다.

정말 정치 9단이라고 하는 세상 사람들의 평이 맞는 것 같았다. 정치인이란 무엇이냐고 초등학생이 묻는다면 뛰어난 거짓말쟁이라고 해야겠다고 생각했다.

"예. 이상향이죠. 많은 남편들이 간통죄와 마누라 없는 세상에서 살아보았으면 하는 것이 꿈이 아닌가요. 아니, 마누라 없는 세상이 아니라 마누라를 마음대로 둘 수 있는 세상이라는 것이 옳은 말이지요."

주경진이 눈을 창 밖에 대고 대답했다. 거짓말의 달인 같은 공 후보의 얼굴을 더 이상 보기가 싫어서였다.

"이 세상에는 조강지처를 아끼고 사랑하는 남편이 훨씬 많다는 것을 알고 하는 말이오? 간통죄 폐지에 대해 공자왈연대와 삼강오륜지킴이 같은 보수 시민단체가 격렬히 비난하고 나선 것을 보지 않았소. 대부분이 보수인 우리나라 노인 파워를 모르시오?"

공대성이 다시 핏대를 세웠다.

"하지만 그건 겉으로 하는 소리지요. 투표장에 들어가 사방이 막힌 공간에, 자기 혼자뿐인데 무슨 짓을 해도 아무도 모르는데 왜 찬성 후보에 도장 찍지 않겠습니까?"

주경진이 싱글싱글 웃으면서 공대성의 얼굴을 쳐다보았다. 너의 본심을 내가 다 아는데 왜 능청 떠느냐고 말하고 싶었다.

"어쨌든, 음주 정량제의 효과에 대해서 의견을 말해 보시오."

공대성이 다시 이야기를 처음으로 되돌렸다.

"예, 말씀드리죠. 제 생각으로는 남성들이 결사반대로 나오는 것과는 달리 여자들이 두 손, 두 다리, 허리까지 번쩍 들고 찬성할 것입니다."

"그야."

주경진이 배덕신의 말을 무시하고 이야기를 계속했다.

"신혼 첫날밤부터 술에 만취한 신랑이 침실로 기어들어와서는 양말 한 켤레도 제 손으로 벗지 못하고 그대로 곯아 떨어지는 게 얼마나 많은 지 아십니까? 밤낮 직장 상사 핑계,

고객 관리 핑계, 동창회 핑계로 술에 찌들어 문턱을 기어드나드는 남편들이 얼마나 많은 지 아십니까? 접대비 술값 외상값 갚는다고 월급 축내는 남편들의 낭비벽에 한숨 쉬는 주부들이 얼마나 많은 지는 아십니까? 이런 여자들이 왜 표를 찍지 않겠습니까?"

"그러니까 반대하는 남자보다 찬성하는 여자 숫자가 더 많을 것 아닌가요?"

배덕신 사무총장이 한마디 했다. 표의 숫자로 보아서 우리에게 득이 된다는 내용을 말하고 싶은 모양이다.

"맞습니다. 하지만 남자 표는 우리가 확보했던 표이고 여자는 그나마 우리한테 올 표들이 이탈한다고 봐야 합니다."

"그럼 그 표가 모두 양천수한테로 가고 오혜빈한테서 빠져나갈 것 아닌가요? 그럼 우리는 앉아서 고기 망태만 건지는 격이지요."

배덕신이 지지 않으려고 바둥댔다.

"그렇다면 그건 오혜빈 표가 대거 양천수에게 가는 것이니 우리에게는 크게 유리한 것 아닌가?"

정문오가 결론이 났다는 듯이 말했다.

"그런데 주경진 실장은 우리한테 크게 불리하다고 자꾸 주장하는 이유가 무엇인가요?"

"그야 단순 계산으로 봐도 뻔하지 않습니까? 음주 제한에

불만을 품은 남자들, 즉 집토끼가 산으로 도망가는데 불리하지 않겠습니까?'

"아니, 양천수한테 불리하면 했지 왜 우리가 바가지를 씁니까?'

배덕신이 계속 딴 소리를 했다.

"문제는 음주 제한 때문에 도망가는 남자 표가 간통죄 폐지 때문에 도망가는 여자 표보다 훨씬 많을 것이란 얘깁니다. 간통죄 폐지, 일부일처제 찬성 때문에 도망가는 집토끼가 얼마나 많을지 상상을 초월할 것입니다."

논쟁은 끝이 없었다. 모바일에 새로운 뉴스가 뜨는 바람에 회의는 끝이 났다.

모바일에 뜬 뉴스는 대통령 후보 4명이 투표일이 임박해지면 합종연횡(동맹)을 하게 될 것이란 내용 이었다.

여론조사에서 3위를 달리고 있지만 파격적 이슈로 가파른 상승세에 있는 양천수가 다른 정당 후보와 단일후보 협상을 물밑에서 진행 중이라는 뉴스였다.

양천수 캠프의 선대위 본부장인 박소진은 협상에 응할 용의가 있다고 성명을 냈다. 그뿐 아니라 강로리 후보도 정당 후보와 단일화 협상에 응할 것이라는 뉴스였다.

"양천수는 아마도 공대성과 단일화 협상을 하게 될 거야. 지금 오혜빈 후보와 일대일로 붙었을 경우 두 사람의 격차는

10포인트 이내이거든.”

“결국은 양천수가 앞지를 수도 있어.”

“그건 어려울 거야. 남자와 여자라는 당원의 기본 표가 있기 때문에 무소속이 정당 후보를 이길 수 없다는 것은 원죄의 문제야.”

“무슨 소리야? 정당이 없다는 것이 무슨 원죄야?”

“아무래도 강로리는 오혜빈과, 양천수는 공대성과 단일화 협상을 벌이게 될 걸.”

“그 배후에는 박소진의 활약이 만만치 않아. 보통 여자가 아니거든.”

“보통이 아니라니? 몸매 말인가요?”

“몸매로, 머리로 양천수를 휘어잡고 있잖아.”

“박소진은 여성 상위를 좋아한다며? ㅋㅋㅋ.”

모티즌들의 추측 멘트는 끝이 없었다. 나중에는 음담패설식 악플까지 올라왔다.

오혜빈의 집무실. 오혜빈과 문지수가 아이스크림을 먹으면서 잠시 쉬고 있었다.

“요즘 공대성 캠프의 주 실장은 자주 만나나?”

오혜빈은 문지수가 주경진과 사귄다는 것을 이미 알고 있었다. 알고 있는 정도가 아니라 그 쪽의 기밀을 좀 뽑아오기를 은근히 기대하고 있는 것 같았다.

"가끔요. 오빠는 내가 너무 밝힌다고 생각하나 봐요."

"밝히다니? 무얼? 정보를?"

"아뇨. 정보는 웬 정보예요."

"아닌가? 그럼 뭘? 돈을? 설마."

"그것도 아네요."

문지수는 오혜빈이 남자를 아주 모르지는 않을 텐데 일부러 엉뚱한 소리만 한다고 생각하고 화제를 돌렸다.

"오빠가 그러는데요."

그 때 오혜빈이 아이스크림을 다 먹고 남은 껍질까지 질경 질경 씹고 있었다.

"하나 더 가져 오라고 할까요?"

"또 있니?"

오혜빈은 어릴 적부터 아이스크림만 있으면 밥도 먹지 않는 다고 했다는 말이 전해질 정도로 군것질을 좋아했다. 선거 연설을 할 때도 초코파이 같은 것을 핸드백에 넣어가서 살짝 꺼내 먹곤 했다. 문지수는 비서실 냉장고에서 아이스 바 하나를 꺼내다 주며 말했다.

"주경진 오빠가 그러는데요."

"그래서?"

오혜빈 후보가 눈을 동그랗게 떴다.

"나는 강남 스타일이 아니래요."

"그게 무슨 소리야?"

"밤에 심장이 터지지 않는대요. 근데 공대성 후보의 여자들은⋯⋯."

문지수가 말을 멈추고 오혜진을 바라보았다.

"뭐? 공대성의 여자들?"

궁금하면 5백원

 주경진은 독심술로 공대성 후보의 머릿속에서 읽어낸 두 여자, 조연하와 김하진에 대해 무척 호기심이 생겼다. 자기가 알고 있는 주변 사람 중에는 없는 여자였다.

 공대성 후보가 아내로 삼았으면 좋겠다고 생각할 정도면 숨겨둔 여인이 틀림없을 것이다.

 김하진. 혀에 많이 익은 이름이었다. 주경진은 한참만에 김하진이 유명한 발레단의 프리 마돈나임을 기억해 냈다. 그러나 그 젊은 여인이 공대성의 애인이란 말인가? 너무 어울리지 않았다.

조연하. 흔히 있는 이름이다. 요정에 다니면서 어쩌다가 만난 여자일지도 모른다.

어쨌든 이 여자들의 정체를 알면 이번 대선의 판도를 뒤집을 수도 있다는 생각이 들었다.

- 이 사실을 캐내서 오혜빈 후보가 당선되도록 한 번 크게 흔들어 보아? 물론 그 공은 문지수에게 돌아가도록 해야 되겠지?

주경진은 혼자 이런저런 생각을 하다가 문득 백상희를 머릿속에 떠올렸다. 오랫동안 공대성의 개인 비서 역할을 해 온 여자였다. 그런데 공대성이 대통령 후보로 나오면서 물러선 것이다.

그 백상희가 문지수의 친구 언니이기 때문에 두어 번 만나 함께 카드 게임을 하면서 논 일이 있어서 안면이 있었다. 그 여자라면 비밀을 알 수 있을 것 같았다. 더구나 백상희는 주경진을 마음에 들어하는 눈치였다. 나이는 주경진보다 열 살 이상이나 연상이었다.

주경진은 집에 들어가 낡은 라면 상자를 꺼냈다. 옛날 명함이며 지나간 비행기표, 시효 지난 여권 등 잡동사니를 모아 둔 상자였다.

주경진은 잡동사니를 한참 뒤지다가 끝내는 백상희의 명함을 찾아냈다.

'공대성 국회의원 비서실. 보좌관 백상희.'

틀림없었다.

주경진은 명함에 적힌 핸드폰을 번호를 들여다보았다. 첫머리 숫자가 '011'로 되어 있었다. 바뀌었을 것이란 생각을 하면서도 전화를 걸었다.

"없는 번호입니다."

주경진이 짐작한 대로였다. 다시 011을 010으로 바꾸어 걸어 보았다. 신호가 갔다.

"여보세요."

여자 목소리였다.

그렇게 해서 주경진은 광화문에 있는 어느 호텔의 로비에서 백상희를 만났다.

"오랜만이네요. 주경진 씨."

다행히 백상희는 주경진을 반겨주었다. 전보다 살이 좀 찌고 턱에 주름이 많이 잡혀 있었다. 중년 아줌마 티가 물씬 났다. 오고 가는 인사에서 지금 백상희는 결혼해서 미국에 사는데 아버지가 돌아가셔서 잠시 귀국했다가 몇 달 머물고 있다는 말을 했다.

주경진은 백상희의 권유에 따라 호텔 일본 식당에 들어가 저녁 식사를 하면서 이야기를 나누었다.

"김하진과 조연하 말이죠? 그걸 어떻게 아셨어요?"

백상희가 약간 놀라는 표정으로 물었다. 그 표정에서 틀림없이 무슨 사정이 있을 것이란 짐작이 갔다. 빨리 백상희의 머리 속을 들여다보고 싶었으나 참았다.

백상희의 입을 통해 비밀을 듣는 스릴을 느끼고 싶었다.

"주경진 씨 짐작이 맞아요."

"예? 제가 무슨 짐작을 했는데요?"

주경진이 놀라 물었다.

"두 여자가 공대성 의원의 숨겨둔 여인이라고 생각하고 있는 것 아니예요? 맞죠?"

백상희가 싱글싱글 웃었다. 주름지고 살찐 얼굴이지만 그렇게 웃을 때는 귀여워 보였다.

"아니, 백 선배도 독심술 하시나요?"

"독심술? 문 박사한테 좀 배운 적이 있지요."

문지수 친구의 언니니까 그럴 수도 있으리라고 생각했다.

"그럼 제 머리 속을 다 읽으셨으니 편하게 되었네요. 제 궁금한 것을 좀 풀어주세요."

"궁금하세요?"

"예."

"궁금하면 5백원."

백상희가 손을 내밀었다. 두 사람은 얼떨결에 손을 잡고 파안대소, 소리를 내며 웃었다.

"조연하, 김하진 두 여자 모두 공의원의 숨겨둔 여자 맞습니다."

백상희가 계속해서 놀라운 이야기를 쏟아냈다.

"조연하는 공 의원의 첫사랑이에요."

"예? 그럼 첫 사랑을 다시 만난 것입니까?"

"그래요. 공 후보가 두 번째 출마했을 때 선거구에 찾아온 조연하를 만났지요."

백상희의 이야기는 점점 더 주경진의 흥미를 돋구게 했다.

조연하와 공대성은 남녀 공학인 고등학교에 함께 다녔다. 조연하는 웅변 동아리에서 함께 활동하던 후배였다.

두 사람은 전국 대회에 나란히 선정되어 서울로 올라가 대회에 참가하게 되었다. 공대성은 상을 받고 조연하는 입상하지 못했다.

이에 공대성은 고향으로 돌아오면서 조연하의 울적한 마음을 달래 주려고 노력했다. 동정심이 마침내 사랑으로 변해 두 사람은 집으로 가지 않고 골목길 모텔로 갔다. 고등학생 시절의 무모한 불장난이었다.

두 사람은 대학을 마칠 때까지 오랜 세월 사귀었다. 그러나 비교적 부유층이던 조연하의 부모가 건달처럼 보이는 공대성을 싫어했다. 조연하 어머니의 맹렬한 반대로 결혼을 이루지 못했다. 그후 공대성은 조연하의 단짝 친구인 김은정과 결혼했다. 조각가인 현재의 부인이다.

조연하는 벤처 기업으로 성공한 젊은 사업가와 결혼했다. 그러나 결혼 생활은 불행했다.

젊어서 거부가 된 조연하의 남편은 방탕한 생활로 가정을 돌보지 않았다. 자녀가 장성해지자 두 사람은 별거 생활을 시작했다. 그 무렵 2선 의원에 도전하는 공대성의 가두연설을 우연히 듣게 된 조연하가 옛사람 공대성의 선거 사무실을 찾게 된 것이다.

정치 생활을 하면서도 가끔 머리에 떠올리며 첫 사랑을 잊지 못하던 공대성은 조연하가 눈물이 날 정도로 반가웠다. 공대성 의원과 조연하는 그날 밤 W호텔 방갈로로 갔다. 20여년 만에 끊어졌던 첫 사랑이 뜨겁게 이어졌다.

"아니, 입후보한 국회의원이 유부녀를 데리고 호텔 방갈로에 갔는데, 전혀 소문이 나지 않았단 말입니까?"
주경진이 백상희의 말허리를 자르고 질문을 했다.
"궁금하면 5백원."
백상희가 다시 손을 내밀며 이야기를 계속했다.
"정치하는 사람들은 큰 호텔 룸을 장기 예약해서 키를 가지고 있는 경우가 많아요. 중요한 손님, 예를 들면 돈뭉치를 전

달하려는 경제인들이나 숨겨둔 애인을 만날 때는 그 비밀 장소를 이용하지요. 공 후보는 그런 일을 모두 나한테 맡겼기 때문에 내가 입을 열지 않으면 소문이 나지 않지요."

"아하, 그렇군요. 그들의 비밀 장소가 모두 일류 호텔 객실이군요."

"꼭 그렇지는 않아요. 서울 근교에 다른 사람 이름으로 비밀가옥, 안가를 두고 있는 정치인도 많아요."

"그럼 조연하의 별거중인 남편은 그런 사실을 전혀 모르고 있겠군요."

"그렇지도 않았어요. 눈치를 챈 남편이 시비를 걸어온 적이 있었어요. 공 후보가 그 사람의 사업에 정부 특혜를 알선해 주고 무마한 일도 있지요."

"그게 좋게 보면 잊지 못할 첫사랑과의 재회라는 로맨스 스토리도 되지만 엄격한 현실은 간통이잖아요."

"텔레비전의 유치한 드라마 스토리 같은 것이지요."

"그리고 김하진은 어떤 여자예요? 무용하는 그 여자 맞아요?"

주경진이 백상희의 입을 쳐다보며 대답을 기다렸다.

"그 여자 스토리는 더 기가 막힙니다."

처제와의 밀회

"김하진도 공대성 후보의 숨겨둔 연인이 맞는 건가요?"

주경진이 몹시 궁금한 표정으로 백상희의 얼굴을 진지하게 바라보았다.

"간절히 바라는 눈매군요. 문지수도 늘 그런 눈으로 바라보나요?"

백상희가 웃으면서 말했다. 콧등에 살짝 얹힌 검은 점과 볼우물이 예뻤다. 주경진은 눈 가장자리에 깊게 파인 잔주름만 없다면 꽤 매력적인 얼굴이라고 생각했다.

"어울리지 않는 애인이지요. 우선 나이 차이가 스무 살에 가깝지요."

"그렇게 나이 차이가 나요? 하지만 요즘 세상엔 스무 살 나이 차이는 그리 드문 일이 아니죠."

"나이뿐만 아니라 가족 관계도 문제랍니다."

"가족 관계요?"

백상희는 말을 잠시 멈추고 핸드백에서 담배를 꺼냈다.

"여기서 담배 피면 안 될 텐데요."

주경진이 난처한 얼굴로 말했다.

"괜찮아요. 여긴 흡연구역이거든요."

주경진이 주위를 돌아보았다. 그제야 자기들이 유리 상자 속에 있는 테이블에 앉아 있다는 것을 알았다.

백상희가 성냥을 그어 담배에 불을 붙였다.

"그래 가족 관계가 어떤데요?"

주경진이 길게 담배연기를 뿜어내는 백상희를 보면서 물었다. 백상희의 담배 피우는 모습이 옛날 영화에서 본 살롱 마담들의 모습과 비슷했다.

"김하진은 공 후보의 사모님 김 여사의 동생입니다."

"예? 그럼 처제를 애인으로 삼았단 말입니까?"

"그러게요. 공 후보에게는 처제가 셋이나 있는데 김하진은 막내 처제랍니다. 아직 미혼이고요."

"미혼이라고요? 이거 터지면 대선 끝장납니다. 대통령 후보가 처제와 간통을 하고 있다는 뉴스가 나가는 순간부터 공대성은 없는 것입니다."

"그런 뉴스가 터지더라도 흑색선전이라고 버티면 또 유야무야 넘어가는 것이 우리 정치 풍토 아닌가요. 모두 정치 9단, 권모술수 9단의 달인들 아닙니까? 경진 씨가 생각하는 것처럼 세상이 그렇게 단순하지 않아요."

백상희는 여전히 미소띤 얼굴로 차분하게 말했다. 흥분해서 갑자기 얼굴이 붉어진 주경진과는 너무도 달랐다.

"아무리 딱 잡아떼는 선수들이라도 이건 좀 아니지 않습니까?"

"여당의 오혜빈 사건을 보세요. 동성애를 했다는 당사자가 나와서 증언을 했는데도 딱 잡아떼니까 유야무야되어가고 있지 않습니까?"

"그건 좀 다르지요. 증거로 내세운 허벅지 문신이 실제로 없다는 것을 보여주었잖아요."

"그 사건은 그래서 유야무야되어가는 것이 아니고, 오혜빈 후보가 어쩌면 여자의 속살을 보여주었기 때문에 유권자들의 눈이 마비된 것이라고 보아야지요. 어쨌든 경진 씨가 염려하고 있는 그 사건이 폭로되어도 공대성의 반격 수완으로 무마되고 말 것입니다."

백상희가 들려준 공대성과 처제의 스캔들은 누가 들어도 얼굴을 붉힐 이야기였다.

공대성의 처이며 김하진의 큰 언니인 김숙진은 예술가라는 직업상 밖에서 나도는 일이 많았다. 그러니까 5년 전, 공대성 후보가 대통령 후보로 거론되고 있던 때였다.

김숙진은 전시회 일로 브라질에 장기간 출장을 가 있었다. 전시회가 보름 이상 걸리니까 오가는 시간, 준비 기간 등을 합치면 한 달쯤 집을 비워야 했다.

김숙진은 자기가 없는 동안 막내 동생인 김하진한테 집에 와 있으면서 형부를 도와주라고 부탁했다. 물론 집에는 가사 도우미가 두 사람이나 있어서 특별히 할 일은 없었다.

하지만 언니 김숙진의 생각은 바람둥이로 평소 속 썩이던 남편이 자기가 없는 동안 활개치며 바람 피울 것을 알기 때문에 다소라도 견제를 할 목적이었다.

그러나 김숙진의 생각은 생선가게를 고양이에게 맡긴 꼴이 되었다.

공대성은 그렇지 않아도 평소에 처제에 대해 흑심을 품고 있었으나 윤리의 벽에 막혀 전전긍긍하고 있었는데 호기회를 맞은 셈이 되었다.

공대성은 처음에는 집에 일찍 들어오는 것으로 신임을 쌓았다. 그러다 일주일이 못 가 작업에 착수했다.

"처제, 저녁에 특별한 스케줄 없어?"

공대성이 아침에 현관을 나서며 슬쩍 물었다.

"오후에 무용학원 가는 일 뿐이에요. 무슨 심부름이라도 할 일 있나요? 형부."

청바지에 소매 없는 블라우스를 걸친 차림으로 미소를 지으며 대답하는 처제가 공대성의 흑심을 한껏 자극했다. 무용 공부를 하고 있는 김하진은 몸매가 세련되었다. 형부 앞에서도 스스럼없이 맨몸을 들어내고 옷을 갈아입는 것이 보통이었다. 공대성에게는 처제가 아니라 요염한 사냥감으로밖에 보이지 않았다.

"그럼 저녁에 외식이나 할까? 우리 집에 징발 당해 와서 고생하고 있는데, 내가 위로 좀 해 줄게. 우리 예쁜 처제."

공대성은 손으로 김하진의 뺨을 살짝 꼬집었다.

"좋아요. 대신 최고급으로 사야 해요."

그날 저녁 공대성은 미리 예약해 둔 신라호텔 프랑스 식당으로 김하진을 불러냈다. 한 병에 2백만 원이 넘는 포도주와 최고급 코스의 프랑스 만찬을 시켰다. 김하진은 무용 공연으로 프랑스를 자주 드나들었지만, 이처럼 고급 만찬을 먹어 보기는 처음이었다.

부드럽고 은은한 실내악 연주를 들으면서 김하진은 황홀했다. 마음 놓고 마신 포도주가 전신을 몽롱하게 했다.

김하진은 형부의 리무진을 타고 집으로 오는 동안 차안의 푹신한 소파에서 잠깐 잠이 들었다. 집에 들어온 김하진은 곧장 자기 방으로 가서 침대에 쓰러져 깊은 잠에 빠졌다.

 그런데 자다가 가위에 눌리는 것 같은 불편함을 느끼고 눈을 떴다. 누가 자기 몸 위에 있는 것 같았다. 정신이 번쩍 들었다. 그가 누구라는 것을 금방 알아챘다.

"형부!"

 김하진은 소리를 지르며 양 팔로 형부를 밀어냈다. 그러나 웬일인지 팔에 힘이 쑥 빠져 더 이상 저항을 하지 못했다.

 그런 일이 있은 후 김하진과 공대성은 마치 신혼 같은 달콤한 한 달을 보냈다.

 두 사람의 밀회는 그 후 지금까지도 계속되고 있었다.

"이럴 경우 여자에게도 책임이 있는 것 아닙니까?"

 주경진은 공연히 얼굴이 불끈 달아올랐다. 오직 욕정에 충실한 인생만을 생각하는 여자가 아닌가. 도덕도, 미래도 없는 생활을 왜 청산하지 못하고 부도덕한 남자에게 끌려 다닌단 말인가.

 그러나 백상희는 주경진과는 훨씬 다른 생각을 하고 있었다.

"남자와 여자는 일대 일로 만나야 도덕적이고 행복하다는 가치관은 무너진 지 이미 오래 되었어요. 경진 씨는 새로운 시대의 새 인생관을 받아들이지 못하고 있군요."

주경진은 백상희와 헤어져 대선 캠프로 돌아오는 동안 여러 가지 생각으로 머리가 혼란스러웠다. 과연 자신이 시대에 뒤떨어진 젊은이인가.

한 여자가 한 남자를 만나 사랑하고 아이 낳고, 그 자라는 자녀가 사회인으로 성장할 때까지 모든 희생을 감수하며 살다가 외롭게 늙어가는 것이 한국 여자의 일생이 아닌가. 그런데 김하진과 공대성의 밀회, 그들의 인생 스토리는 결말을 어떻게 만들어 갈 것인지 상상이 되지 않았다.

주경진이 사무실에 도착하자 엄청난 일이 기다리고 있었다. 공대성 후보의 자동차가 서울대 입구에서 폭파되었다는 급보가 기다리고 있었다.

"서울대 입구라고요? 오늘 거기서 특강을 하기로 했는데 후보님은 무사하신가요?"

주경진이 전화 받기에 바쁜 정문오 위원에게 물었다.

"무사해요. 후보님은 그때 차에 타고 있지 않았어요. 근처 예식장에 들렀다가 다른 차를 타고 갔어요. 1호차는 운전수 혼자 몰고 서울대로 갔었어요."

돌아서서 현장으로 가려던 주경진은 정문오의 얼굴에서 이상한 표정을 읽었다.

　폭발 사고라는 엄청난 일이 생겼는데 전혀 심각한 얼굴이 아니었다. 너무나 태연했다. 주경진은 다시 되돌아서서 정문오 위원의 눈동자를 뚫어지게 들여다보았다.

　- 흥, 언젠가는 당할 걸!

　정문오의 속마음은 너무나 뜻밖이었다. 마치 자동차 폭발 사고를 기다리고 있었다 거나 고소하다는 생각을 하고 있었던 것이다.

　'정문오, 뭔가가 있어.'

　돌연 주경진은 정문오의 속마음을 더 캐봐야겠다는 생각이 들었다.

대한민국 수사, 경찰과 검찰 어디가 더 세냐?

공대성 후보 자동차 폭발사고는 대선 정국을 발칵 뒤집어 놓았다. 곧 경찰은 관악경찰서에 수사본부를 설치하고 수사에 착수했다.

공대성 후보를 지원하고 있는 남당에서는 즉각 성명을 내고 정치테러로 규정했다.

"대통령으로 당선 가능성이 가장 높은 남당의 공대성 후보를 암살하려고 시도한 것은 극악무도한 정적의 행위가 틀림 없다. 남당을 지지하는 모든 세력은 이 암살미수 사건의 진상을 규명하는데 동참할 것이다. 그리고 진실은 반드시 대선

투표일 전에 밝혀야 한다.”

선대본부장인 정문오 위원 명의로 발표된 첫 성명은 강경했다. 이로 인해 남당의 내부 분위기는 상당히 고조되었다.

공대성 후보가 직접 주재하는 최고위전략회의가 열렸다. 정문오 위원, 배덕신 사무총장을 비롯해 국회 부의장인 박순서, 임시 대변인 조민호, 그리고 주경진 실장이었다.

“큰일 날 뻔했습니다. 범인은 후보님이 결혼식장에서 내렸다는 것을 모르고.”

박순서 부의장이 심각한 얼굴로 말했다.

“이제 선거는 끝난 것입니다. 우리 남당이 1백 프로 완전히 이길 것입니다.”

정문오가 이번에는 웃으면서 말했다.

“그렇습니다. 돈 한 푼 안 들이고 수백만 표를 얻은 것입니다.”

배덕신 사무총장도 싱글벙글 웃음을 감추지 못했다.

“표정 관리를 잘 해야 합니다. 우리가 이겼다고 기뻐하는 표정을 유권자들에게 보여서는 절대로 안 됩니다.”

대변인 조민호가 걱정을 했다.

“운전기사는 다치지 않았나요?”

박순서 부의장이 배덕신 사무총장을 쳐다보며 물었다.

“다행히 전혀 다치지 않았습니다. 폭발물이 터진 곳은 후보님이 늘 앉아 계시는 뒷좌석 오른쪽이었답니다. 의자 시트 밑에 폭발물이 있었던 것 같습니다."

"내부 사정에 정통한 놈의 짓이겠군."

정문오 위원이 공 후보를 보고 동의를 구했다.

"어쨌든 내가 다치지 않은 것은 다행이야. 그런데 도대체 누구의 짓인 것 같은가?"

공 후보의 말에 정문오가 대답했다.

"누구의 짓이든 우리는 정적, 즉 상대 후보 진영에서 저지른 것으로 몰고가면 됩니다."

그러나 공대성 대선 캠프의 즐거운 비명에 찬물을 끼얹는 일이 생겼다.

"이번 공 후보 자가용 폭발 사건은 자작극이라는 증거를 제공한 사람이 있습니다."

멘붕연대에서 청천벽력 같은 정보를 모바일에 올렸다.

"뭐야? 자작극이라고?"

남당의 공대성 캠프는 경악했다. 주경진은 자칫하면 흑색선전에 말려 엄청난 표가 달아날 수도 있다는 생각이 들었다.

"무슨 증거를 가지고 있는지 좀 알아보세요."

공대성 후보도 다급했는지 주경진을 붙들고 사정하듯이 말했다.

멘붕연대에 이어 여기저기서 자작극이라는 주장이 나왔다.

"남당의 공대성 후보는 열세를 만회하기 위한 자동차 폭발 자작극설의 진상을 밝히기를 국민들은 원한다. 하루 빨리 진상을 밝히고 자작극이 사실이라면 국민에게 사죄해야 할 것이다."

여당의 허연나 사무국장이 트위터에 올린 글이다.

공자왈연대와 삼각오륜지킴이 등 우파좌파 가릴 것 없이 많은 시민단체가 자작극설을 은근히 부추겼다.

"이러다가 큰일 나겠군. 자작극설을 제일 먼저 퍼트린 멘붕연대를 검찰에 고발하세요."

머리끝까지 화가 난 공대성 후보가 길길이 뛰면서 말했다.

"검찰입니까? 요즘 경찰이 더 세다고 하던데요."

"그럼 두 군데 다 고소장을 내던가."

공대성 캠프에서 경찰과 검찰 양쪽에 고소장을 냈다. 우리나라에서 한 사건을 두 수사기관이 수사하는 두 번째 케이스가 되었다.

"멘붕연대는 자작극 증거가 있다니 즉각 공개하여 국민의 의혹을 풀어야 할 것이다. 만약 확실한 증거도 없이 '아니면 말고'식의 흑색 폭로라면 멘붕연대의 법적 책임뿐 아니라 선거를 망쳐 국민에게 지은 죄값까지 치러야 할 것이다."

매니페스토 운동본부의 성명이었다. 자작극으로 쏠리던 분위기가 잠시 주춤했다.

"자작극의 증거는 적당한 시기가 오면 밝힐 것이다. 그보다 공대성 후보의 남당이 먼저 진상을 고백하는 것이 순서다!"
멘붕연대의 꽁지머리 방용환이 생중계하는 모바일 방송에서 반박했다.

"우리 스스로 범인을 잡아야 합니다. 이대로 경찰과 검찰만 믿고 있다가 투표날까지 범인을 잡지 못하면, 결국은 우리만 당하는 꼴이됩니다."
배덕신 사무총장이 공대성 후보에게 강한 불평을 털어놓았다.

"우리가 수사를 하러 나설 수도 없고, 어떻게 진상을 밝힌단 말인가?"
두 사람의 대책 없는 이야기를 듣고 있던 주경진이 나섰다.

"사립탐정을 기용하는 것이 어떻습니까?"

'뭐? 사립탐정?'

공 후보는 어이없다는 표정이다.

"우리나라에도 사립 탐정이 있나?"
정문오 위원도 의아스런 표정으로 주경진을 돌아보았다.

"있습니다. 지난번 정권에서 '민간인 조사법을 통과시키고 공포했는데, 그것이 사립탐정법입니다."

"그랬나? 그렇다면 우리나라에도 유명한 사립탐정이 나오 겠군."

공 후보가 잔뜩 구미가 당긴 듯했다.

"우리나라 사립탐정 1호는 경찰관 출신 추병태 탐정입니다."

"추리소설과 드라마에 자주 나오는 추 경감 말인가요?"

임시 대변인 조민호가 흥미 가득 찬 표정으로 물었다.

"맞습니다. 추 경감은 서울지방경찰청 강력계에서 많은 난제를 해결한 베테랑이었습니다. 그런데 5년 전 은퇴해 고향에서 조용히 지내다가 작년에 사립탐정으로 등록하고 개업을 했습니다."

"주 실장은 어떻게 추 경감을 그렇게 잘 아는가?"

"제 친구의 외삼촌이 추 경감입니다."

"그렇다면 주 실장이 우리 사건을 좀 부탁해 보시오. 이 사건은 타임이 중요합니다. 빠른 시일 내에 진상을 밝히도록 부탁해 보시오."

정문오 위원이 말을 마치고 눈길로 공대성 후보의 결단을 기다렸다.

"주 실장이 좀 힘써 보지."

주경진이 마포구 월드컵로에 있는 추 경감, 아니 추 탐정의 사무실을 찾아갔을 때, 추 탐정은 열 평도 안 되는 오피스텔 사무실에서 혼자 라면을 끓여 막 먹으려던 참이었다.

"경진이 아닌가? 오랜만일세."

"아저씨 사업은 잘 되시지요? 일거리 하나를 가지고 왔습니다."

"일거리? 좋지. 그런데 나 이거 다 먹을 때가지 기다릴 수 있겠나?"

추 탐정이 다 끓은 라면을 나무젓가락으로 휘휘 저어 식히면서 말했다.

"천천히 드세요. 기다릴게요."

"라면은 봉지에 들어 있는 양념 외에 다른 것을 넣으면 맛이 없어지더라고. 당근, 양파나 김치를 넣는 분식집 라면은 제 맛이 나지 않아. 참, 식사는 했나? 혼자 먹어 미안한데."

"염려 말고 잡수세요. 저는 점심 먹고 왔습니다. 벌써 3시인데요."

"그렇게 되었나? 졸려서 한참 졸다보니 배가 출출해서."

사무실에 다 낡아빠진 나무 책상에 뒷꼭지가 엄청나게 긴 옛날 컴퓨터 한 대가 덜렁 놓여 있었다. 썰렁하기 이를 데 없는 사무실에서 대낮부터 졸고 있다가 라면 한 그릇을 끓여 먹고 있는 추 탐정의 모습이 무척이나 처량해 보였다.

단일화는 여자한테만 물어봐라

추병태 탐정은 라면 한 그릇을 순식간에 해 치우고 손으로 입술을 쓱 문질렀다.

"그래, 무슨 사건이냐?"

추 탐정이 50년은 썼을 법한 낡은 구식 녹음기를 틀면서 말했다.

"녹음을 하십니까?"

"응, 내가 컴퓨터 작업이 서툴러서 기록을 하기 쉽지 않거든. 이놈은…… "

추 탐정은 녹음기를 한참 노려본 뒤 말을 이었다,

"이놈은 내가 경감으로 승진했을 때 청장님이 하사하신 거라네. 청장님은 새 것으로 하나 구비했지. 그 때부터 30년을 나하고 같이 사건 현장에서 뛴 동지라네."

추 탐정은 딸깍 소리까지 크게 나는 녹음기 스위치를 눌렀다. 칩이 아닌 테이프가 돌아가는 방식이었다.

"요즘은 모바일로 녹음뿐 아니라 영상 녹화까지 할 수 있는데, 이런 구닥다리를 쓰시니 얼마나 불편하십니까?"

"그런 말 말게. 이게 나한테는 꼭 맞아. 나는 핸드폰 같은 것도 없다네."

"예? 핸드폰이 없다고요? 그럼 전화는 어떻게 거세요?"

추 탐정이 고물 컴퓨터 옆에 놓인 유선 전화기를 가리켰다.

"어서 용건부터 말해 보게. 우선 사건 제목을 붙여야 하는데 무슨 살인사건이라고 할까? 요즘은 성폭행 살인사건이 많으니까."

"그런 건 아니고요. 사건 제목을 붙이자면 '대통령 후보 자동차 폭발 사건'이라고 할까요?"

이야기를 듣던 추 탐정이 눈을 크게 껌벅였다. 젊은 시절부터 큰 눈가장자리에 주름이 많이 잡혔었는데, 이젠 완전히 주름이 윗볼까지 늘어졌다.

"그럼 대통령 후보가 죽었나? 누구야? 오혜빈인가, 공대성인가, 아니면 양천수인가?"

"죽거나 다친 건 아니고요. 그냥 차만 좀 망가졌어요."

"뭐야? 그럼 살인사건은 아니란 말이지?"

추 탐정이 몹시 실망한 표정을 지었다.

"예. 공대성 후보의 자동차에 폭발장치를 하고 암살을 기도했는데, 마침 공 후보가 타고 있지 않을 때 폭발물이 터져 무사했습니다."

주경진이 자세하게 설명했다. 한참 듣고 있던 추 탐정이 입을 열었다.

"그런 것을 정치 테러라고 하지. 군사정부나, 독재 정부 시절에 많이 있던 일인데, 그런 것은 탐정이 할 일이 아니네."

"살인미수 사건인데 흥미가 없으세요?"

주경진은 당황했다. 어떻게든지 추 탐정을 엮어놓아야 한다는 생각이 들었다.

"이 나라의 남당 대통령 후보를 암살하려던 사건입니다. 엄청난 파장을 몰고 올 사건인데, 경감님 같은 베테랑 탐정이 맡아야지 누가 하겠습니까?"

"글쎄, 그건 정치 테러라니까. 난 정치하는 사람들은 사람으로 생각하지를 않네. 갸루 상의 말이 아니라도 그들은 '사람이 아니므니다' 야."

"그럼 공 후보가 죽었다면 맡으셨겠네요."

"물론이지. 그건 살인사건이잖아. 모르그 가의 살인사건.

그린 살인사건, 오리엔트 특급 살인사건, 이런 것처럼 대통령 후보 살인사건이지."

"이 사건이 공대성 후보의 자작극이라는 소문이 퍼져 공 후보가 아주 곤경에 처해 있습니다. 진실을 밝혀야 합니다. 정치적인 음모를 밝히는 것이 이 세상을 바로잡는 일입니다."

주경진이 열을 올리며 추 탐정을 설득하려고 노력했다.

"나는 이 세상을 바로잡을 생각이 없네. 그건 나보다 더 위대한 정치인들이 할 일이고, 나는 살인범이나 잡는 게 천직이지."

그 말은 추 탐정의 진심인 것 같았다. 주경진은 낭패한 표정으로 딱딱한 나무의자에 털썩 주저앉았다.

"커피 생각나면 내가 한 잔 타 줄게."

추 탐정은 거절한 것이 미안한지 미소를 지으며 부드럽게 말했다.

주경진은 추 탐정에게 거절당하고 힘없이 대선 캠프로 돌아오다가 모바일에 뜬 양천수의 돌발 회견을 보았다.

"나는 남당 대통령 후보인 공대성 후보에게 후보자 단일화를 제안한다."

오혜빈과 단일화 협상을 할 것이라는 정계와 언론계의 예측은 완전히 빗나갔다.

"단일화 방법으로 어떤 제의를 할 것입니까?"

어느 모바일 기자가 물었다.

"우리나라 유권자 중 여자만을 대상으로 여론 조사를 해서 이긴 쪽이 단일 후보로 나가는 방식입니다."

양천수의 또 한 번 예상을 뒤엎는 발언에 모두 어리둥절했다. 이어 기자들의 질문이 쏟아졌다.

"양천수 후보는 남자 아닙니까? 그리고 공대성 후보도 남당의 대통령 후보이고요. 그런데 왜 여성 유권자를 대상으로 여론조사를 하자는 것입니까?"

같은 내용의 질문이 여기저기서 쏟아졌다.

"남자 유권자들이야 모두 뻔하지 않습니까? 누가 되든 단일 후보된 사람에게 투표할 테니까요. 하지만 여자 유권자는 모두가 오혜빈 후보를 찍지는 않을 것입니다. 오혜빈 후보와 양자 대결을 했을 때 여자 표를 따야 당선이 되는 것 아닙니까? 이런 뻔한 이치를 왜 모르십니까? 그러니까 여자 유권자 1만 명에게 여론을 물어 이긴 사람이 단일 후보로 나가는 겁니다."

"공대성 후보가 정당 공천을 받았으니까 당원들, 즉 남자뿐인 당원 조직이 겁나서 그러는 것입니까?"

온종일 단일화 문제로 모바일 언론이 시끄러웠다.

양천수의 폭탄 제안을 두고 곤혹스러운 것은 오혜빈 후보나, 공대성 후보도 마찬가지였다.

공대성 캠프에서는 그 제안을 일축해 버리고 싶은데 그럴 때 역풍이 불어닥칠 것이 뻔하기 때문이었다. 더구나 양천수는 국회 해산, 모바일 행정 등 첨단적이고 미래지향적인 공약을 많이 내놓았다. 따라서 비록 남녀로 구분된 기상천외의 정당제도를 택했다고는 하지만 정당을 기반으로 하는 정치는 구태 정치의 표본으로 몰린 상태가 아닌가.

만약 정당 배경이 없는 양천수와 대결했을 때 양천수 말대로 여성 유권자들이 젊고 파격적인 공약을 많이 쏟아놓은 양천수를 택할 가능성이 많기 때문이었다.

곤혹스럽기는 오혜빈 캠프도 마찬가지였다.

"만약 공대성이 양천수의 제안을 받아들이면, 우리는 어떤 방향으로 가야 할까요?"

대선 캠프 핵심 멤버 회의에서 오혜빈 후보는 초조한 표정을 감추지 못했다.

"양천수의 느닷없는 돌발 행동에 공대성 후보는 똥 밟은 기분일 것입니다."

김마리 위원이 먼저 입을 열었다.

"젊다는 이유 하나만으로도 양천수가 이길 것입니다."

허나연 사무총장의 의견이었다.

"여자 유권자를 대상으로 후보를 정하자는 것은 양천수의 실수입니다."

일주일 전부터 대선 캠프에 합류한 인기 소설가이며 대학 교수인 마광숙이 입을 열었다.

"그렇게 생각하십니까?"

오혜빈이 물었다. 오혜빈은 마광숙을 캠프에 끌어들이기 위해 몇 달 동안 온갖 노력을 다 기울여왔다. 마광숙 교수에게는 미소를 잃지 않으며, 언제나 공손한 말투였다.

"생각해 보십시오. 눈알이 등잔 같은 남자 유권자들이 버티고 있는데, 다른 생식기 보유자인 여자한테 가서 물어보고 정하자고 하면 가뜩이나 공처가 콤플렉스에 젖어 있는 한국 남자들이 질투 나고 화 나고 하지 않겠습니까? 남자 무시, 남편 무시, 총각 무시, 그래서 생식기가 팍 죽을 것 같은 이런 감정을 어떻게 수습하겠습니까?"

양천수의 돌발 제안으로 '공대성 자동차 폭발 테러 사건'은 묻혀 버리는 듯했다. 모든 모바일들이 양천수와 공대성의 단일화에 초점을 맞추었다.

그러나 며칠 못 가 또 다른 돌발 사건이 대선 정국에 충격을 주었다.

선거유세 2인자의 피살

    사고는 모바일로 세 후보의 SNS 토론이 한창 진행되고 있을 때 일어났다.

    5년 전인 2012년 대선 때까지 TV에서 진행하고 안방에서 텔레비전을 틀어놓고 보던 토론과, 2017년의 후보자 토론은 달랐다. 5년 전에는 여자 후보 2명과 남자 후보 1명 등 3명이 정책 토론을 했다.

    그러나 이번에는 정당 후보나 국회의원 경력 등 이상한 제한을 두어 불공평한 TV 토론을 한 2012년과는 전혀 달랐다. 누구든지 출마자는 모두 토론에 참여할 수 있었다.

4명의 후보, 남당의 공대성, 여당의 오혜빈, 무소속의 양천수, 그리고 동당(동성애당)의 강로리 후보 등 4명이었다.

토론 방식도 TV가 아닌 모바일로 실시되었기 때문에 유권자들은 지하철을 타고 가거나, 버스를 타고 가거나, 직장 테이블의 컴퓨터, 모바일 등을 통해 듣고 볼 수 있었다.

후보자들도 한 자리에 모여 앉아 진행자의 지시대로 발언권을 얻어 제한된 시간에 하는 것이 아니었다.

1차 정책 토론이 시작되었을 때 공대성 후보는 대구에, 오혜빈 후보는 광주에, 양천수 후보는 제주에, 그리고 강로리 후보는 동두천에서 서울로 오는 자동차 안에 있었다.

사회자도 한 사람만이 아니고 모바일 추첨으로 뽑힌 시민단체 진행자, 멘붕연대의 방용환, 공자왈연대의 서석견, 삼강오륜지킴이 지대공 등 3명이었다.

3명의 사회자도 물론 한 자리에 있는 것이 아니었다. 서울의 사무실이나 자기 집에서 모바일을 들고 진행했다.

질문하고 대답하는 시간을 제한하는 그런 방식도 아니었다. 답변도 하고 싶은 만큼 자기가 시간을 정했다. 유권자들은 후보마다 듣고 싶은 이야기를 선택해서 들을 수 있었다. 이러한 토론 방식은 중앙선거관리위원회에서 토론 애플리케이션을 개발해서 유권자들에게 보급했기 때문에 다운만 받으면 누구나 들을 수 있었다.

토론을 시청하는 유권자의 숫자도 리얼타임으로 모바일에 나타났다. 처음에는 공대성 후보의 정책 발언을 시청하는 숫자가 압도적으로 많았다.

"조선시대에도 범죄 혐의자에 대해서는 3심제도가 있었습니다. 그래도 억울한 사람이 많았는데, 사법제도의 개혁이 필요합니다. 현재의 3심제도에 국민이 참여 최고재판소를 만들어 4심제도를 해야 합니다."

공대성 후보의 사법부 개혁안에 대해 여당의 오혜빈이 한 수 더 떴다.

"검찰 권한으로는 기소권만 주어야 합니다. 모든 수사는 경찰과 사립탐정에게 맡겨야 합니다. 경찰이 성의를 보이지 않는다고 피해자가 느꼈을 때는 사립탐정을 활용할 수 있도록 해야 합니다. 수사가 끝난 사건은 검찰이 기소 여부를 결정할 때 시민 배심원의 의견을 들어 결정하도록 해야 합니다."

검사들의 도덕적 해이와 수사권 문제가 생긴데 대한 개혁정책을 내놓았다.

그러나 유권자들은 이러한 토론에 곧 흥미를 잃었다. 시간이 10분 정도 지나자 오혜빈 후보의 시청자가 더 많아졌다. 그러나 1시간쯤 지나자 양천수가 1위로 달리더니 곧 이어 강로리 후보의 시청자가 압도적으로 상승세를 탔다.

"간통죄를 폐지해야 합니다. 사랑을 법률로 묶는 것은 야만 시대의 유물입니다."

양천수가 파격 제안을 하자 강로리는 한 수 더 떴다.

"남녀가 만나면 악수하듯이 눈만 맞으면 어떤 남녀든, 어디서든 섹스할 수 있는 자유가 절대로 보장되어야 합니다. 남녀 끼리만이 아니고 여자 끼리, 남자끼리도 마찬가지이지요. 국민의 생식기를 왜 국가가 관리합니까?"

강로리의 충격적인 발언에 모두 호기심이 가득 찼다.

"저런 미친 여자가 동방예의지국의 대통령이 되겠다는 것이 말이 되느냐."

공자왈연대와 삼강오륜지킴이 회원들이 맹렬한 비난을 퍼부었다. 그러나 멘붕연대와 동당에서는 환호성을 질렀다.

토론 시청자의 숫자가 지지자의 숫자와 같지는 않겠지만, 강로리와 양천수의 시청 숫자에 공대성과 오혜빈은 신경이 곤두섰다. 양천수, 강로리 모두 오혜빈 후보의 스캔들 대상이 아니던가?

토론이 전대미문의 주장으로 뜨거워지자 북한에서도 끼어들었다.

"지금 남조선에서는 윤리가 붕괴되고, 인민이 타락의 지옥으로 빠져들어가는 연극이 벌어지고 있습니다. 결혼의 신성

한 의미를 파괴하고, 남녀의 생리적 차별까지 부정하는 미친 짓에 모든 인민이 열을 올리고 있습니다."
평양방송과 로동신문의 주요 보도 내용이었다.

10시간에 걸친 토론이 끝나자 곧 후보별 시청자의 반응 통계가 나왔다. 유권자가 가장 많은 시간을 시청해준 후보의 순위가 나왔다.

1위 강로리
2위 양천수
3위 공대성
4위 오혜빈

물론 이러한 통계나 발표도 중앙선관위에서 했다.
그러나 이 숫자는 지지자와는 거리가 있다고 모두 생각했다. 순문학 소설보다 장르소설 독자가 더 많은 것과 같은 이치라고 말하는 사람도 있었다.
강로리나 양천수가 워낙 튀는 이야기, 홍미를 끌만한 파격 정책을 많이 내놓기 때문에 일상이 따분한 유권자들이 홍미를 느꼈을 뿐이라는 견해도 있었다. 그러나 꿩 잡는 게 매라고 관심을 많이 끈 후보에게 투표하게 될 수도 있다는 주장도 만만치 않았다.

1차 모바일 토론이 끝나고, 2차 진행이 시작되기 직전에 새로운 사건이 터졌다. 독신으로 지내는 여당의 제2인자 김마리 위원이 피살되었다는 급보가 국민들에게 충격을 주었다.
오혜빈 후보의 지방 유세에 함께 다니던 김마리 위원이 청주의 한 호텔에서 권총에 피살된 시체로 발견되었다. 김마리 의원은 밤 늦도록 청주 시청 앞 광장에서 유세를 마치고 오혜빈 후보와 함께 호텔에 투숙했다.
12층 5성 호텔에서 오혜빈 후보는 10층, 김마리 위원은 11층에서 잤다. 오혜빈 후보가 들어 있는 층은 통째로 빌려 일행이 함께 투숙해 있었으며 경비도 엄중했다.
그러나 60세 노처녀인 김마리 위원은 혼자 떨어져 있겠다며 11층 룸에 혼자서 자다가 변을 당했다.
이튿날 아침 일찍, 모두 2층 비즈니스 룸에 모였으나 김마리 위원이 나타나지 않아 전화를 했다. 전화를 받지 않아 찾으러 갔던 수행원이 혼이 나간 얼굴로 달려왔다.
"큰일 났습니다. 김마리 위원이 죽었습니다."
"무슨 소리야. 김 위원이?"
오혜빈 후보와 일행이 김마리 위원의 침실로 뛰어갔다. 김 위원은 침대에 반듯이 누운 채 가슴이 피에 흠뻑 젖은 시체로 변해 있었다.

 김마리 위원의 사인은 45구경 권총 한 발이 심장을 관통한
것이었다. 단 한방으로 정확히 심장을 뚫은 것으로 보아 범
인은 사격 훈련을 받은 사람인 것 같았다.
"방 안 탁자에 '드라곤 아이'라고 쓴 쪽지가 있었답니다."
 허연나 사무총장이 오혜빈에게 보고했다.
"뭐? 드라곤 아이?"
 드라곤 아이는 오혜빈 후보 모바일에 경고 문자를 보낸 정
체불명의 단체였다.
 오혜빈이 당선될 것이라는 역술가의 예언을 제일 먼저 퍼뜨
린 사람이 김마리 위원이었다.
 드라곤 아이란 '용의 눈', 즉 한자로 용안(龍眼)으로 조선
단종 때의 용안이란 역술인인데, 안평대군이 왕이 될 것이란
예언을 했다가 수양대군에 의해 참형을 당한 역술인을 지칭
한다는 해석이 나오기도 했다.
 드라곤 아이라는 비밀결사단체 오혜빈의 대통령 당선을 가
로막는 공작을 하고 있다고 보아야 한다는 것이 대선 캠프의
지배적인 의견이었다.
 이 사건은 대선 정국에 큰 충격을 주었다. 곧 청주 지방경찰
청에 수사본부가 설치되었다.

소고기 사먹겠제 연대

 여당의 오혜빈, 남당의 공대성, 무소속의 양천수, 동당의 강로리 등 4명의 대선 후보는 막바지 공세를 벌이고 있었다. 대선 전은 2강 2약의 평을 받으며 윤곽이 잡혀 가고 있었다.
 그러나 여당의 제2인자 김마리 위원의 피살사건으로 선거판이 요동치기 시작했다. SNS의 모든 뉴스 채널은 김마리의 피살사건으로 도배되었다. 추측 기사도 난무했다.
 "여자가 득세하는 세상을 보고만 있을 수 없게 된 남성 우월주의자들의 소행이야."
 "아니야. 국회의원을 줄이거나 국회를 없애겠다는 오혜빈에게 경고를 보낸 거야. '의회주의사수위원회' 같은 조직이 한 짓일 거야."

"하긴, 국회의원제도가 없어지면 별 볼일 없게 되는 사람들이 얼마나 많겠어?"

시시각각 쏟아지는 추측기사와 논평들은 유권자의 모바일이 쉴 틈 없게 딩동 신호를 날렸다.

이 사건으로 누구보다 놀란 사람은 물론 오혜빈 후보였다. 여당(女黨) 대선 캠프는 긴장감으로 터질 것 같았다.

"드라곤 아이가 협박을 여러 번 하더니 결국 일을 저지르고 말았군요."

오혜빈이 창백한 얼굴로 위원들을 둘러보았다. 사람들과 악수를 너무해서 손바닥에 파스를 붙이고 있었다.

"경찰은 어떻게 보고 있나요?"

캠프에 뒤늦게 합류한 마광숙 교수가 허연나 사무총장을 보고 물었다.

"수사본부가 청주에 있어서 자세한 내용을 알기가 어렵습니다."

"아니, 이런 중대한 살인사건을 지방 경찰에 맡겨 두고 보고도 받지 않는단 말인가요?"

초조해 하던 오혜빈이 누구에게도 아닌 화를 벌컥 냈다. 모여 있던 위원들이 모두 민망스러워했다. 좀체 흥분하지 않아

얼음공주라는 별명까지 있는 오혜빈이 화를 내는 것은 드문 일이었다.

"물론 청와대와 경찰청에는 보고를 하고 있겠지요. 다만 우리가 쉽게 정보를 얻을 수 없다는 뜻입니다."

"우리도 청주 수사본부에 사람을 박아두세요. 그리고 청와대에도 ****** 아니 나는 청와대라는 말이 싫어요. 청와대란 미국의 백악관, 즉 화이트 하우스를 패러디한 이름이잖아요. 백와대라고 하기도 그렇고 청악관이라고 하기도 그러니까 청와대로 붙인 것 아닙니까?"

오혜빈이 갑자기 화를 쏟아 부을 상대로 청와대라는 이름을 고른 것 같았다.

"원래는 경무대지요. 윤보선 대통령이 집들이하면서 전임 대통령 이승만이 붙인 이름이라고 싫어서 문패를 바꾼 것이라고 합니다."

허연나가 아는 체했다.

"청와대란 사대주의 발상에서 나왔습니다. 청와대, 즉 푸른 기와집이란 뜻 아닙니까?"

"청기와 예식장 같은 ㅋㅋ."

마광숙이 설명을 하러 나서자 박상선 위원이 말허리를 잘랐다. 박상선 위원은 국회 부회장을 지낸 3선 여성 의원이었다. 여름에도 목도리를 하고 다녀 목도리 여사란 별명이 있다. 자기는 목소리가 밑천이라 목을 보호해야 한다고 주장하는 터였다.

"중국의 황제는 노란색을 상징으로 삼습니다. 자금성의 지붕도 모두 노란 황금색이 아닙니까? 그 밑에 계급인 제후들은 푸른색을 씁니다. 집도 물론 청기와지요. 황금색 지붕을 만들었다간 큰일 납니다. 우리 청와대는 스스로 격을 낮추어 제후의 색깔인 푸른색을 쓴 것입니다. 이게 사대주의 아닙니까? 우리 오혜빈 후보께서 대통령이 되면 청와대란 굴욕적인 이름부터 바꿔야 합니다."

마광숙이 흥분해서 떠들었다.

"지금 대통령 집무실 기와 색깔이나 논할 때가 아닙니다. 우리 여당의 큰 기둥인 김마리 위원이 목숨을 잃은 상황을 명심하세요."

허연나 사무총장이 나서자 모두 조용해졌다.

"김마리 의원의 죽음을 헛되이 해서는 안 됩니다. 진상규명을 위해 손을 써야 합니다."

오혜빈 후보가 조금 전과는 달리 차분한 목소리로 말했다.

"김마리 위원의 목숨을 앗아간 사람들은 우리 여당을 파괴시키려는 음모를 가진 자들이 틀림없습니다. 이 사건은 정치적 음모입니다. 정적을 떨어뜨리려는 정치적 음모라는 사실을 철저하게 홍보해야 합니다."

"그게 무슨 홍봅니까? 진상규명 위원회를 만들고 국정조사 안도 내놔야 합니다."

여러 위원들이 각각 한마디씩 했다.

"물론 김마리 위원 암살음모 규명진상위원회를 구성해야 합니다. 그리고 그것을 뒷받침하기 위해 전문가들을 위촉해서 파헤쳐야 합니다."

듣고만 있던 문지숙이 입을 열었다.

"제 생각으로는 사립탐정단에 의뢰해서 경찰이 손 대지 못하는 부분을 해결하는 게 좋을 것 같습니다."

문지수의 말에 오혜빈 후보가 고개를 끄덕였다.

"그럼 문지수 위원은 빨리 믿을 만한 사립탐정을 수배해서 일을 맡기세요."

문지수가 추병태 사립탐정 사무실에 도착하자 뜻밖에도 주경진이 와 있었다.

"지수야, 별일 없었니?"

주경진은 반가움과 부담감이 함께 느껴지는 야릇한 표정으로 문지수의 손을 잡았다.

"별일 일어난 것은 알잖아요."

문지수는 만면에 웃음을 띠고 주경진의 손을 잡았다. 그녀의 손은 언제나 촉촉하고 따뜻했다.

"김마리 위원의 일 때문에 여기 왔군. 나도 실은 그 일 때문에 왔어."

주경진은 문지수의 눈동자를 벌써 읽고 있었다.

"어서들 오게."

두 사람이 문 앞에서 인사하는 모습을 본 추 경감, 아니 추 탐정이 말을 붙였다.

"탐정님, 얘는……"

주경진이 문지수를 소개하려고 하자, 추 탐정이 말을 앞질렀다.

"뭐 주 군의 애인이지?"

"어떻게 아셨어요?"

"탐정의 눈을 어떻게 생각하고 그런 질문을 하나?"

"처음 뵙겠습니다. 문지수입니다. 여기 주경진 씨가 제 애인 맞고요."

문지수가 허리를 깊이 숙이고 인사를 했다.

"얘도 살인사건 때문에 온 것 같아요. 둘이 정 반대되는 조직에서 일하고 있지만 진상을 알고자 하는 뜻은 같아요. 그러니까 아저씨는 한 가지 일을 하시고 두 군 데서 보수를 받게 될 것 같은데요?"

"그럼 주경진 씨도 김마리 위원 사건을 추 탐정님께 의뢰하러 온 거예요?"

문지수가 다소 의외라는 표정을 지었다.

"그럼. 진상을 알아야 대처할 수 있지 않겠어?"

"남당에서도 신경을 쓰는구나."

"신경을 쓰는 정도가 아니지. 살인 혐의를 우리 캠프에 씌우게 되면 망하는 것은 어느 쪽이겠어? 그러니 좋아하기는커녕 안절부절이지."

두 사람의 이야기를 들으며 믹스 커피 석 잔을 타 온 추 탐정이 자리를 권하며 입을 열었다.

"나한테 찾아올 줄 알고 기초 조사를 좀 해 놓았지. 보수는 양쪽이 똑같이 내야 해. 나는 좀 비싸게 받는 편이지만 두 군데서 내니까 할인을 해 줄테니 그렇게 알고."

"그럼 벌써 사건 검토를 해보셨습니까?"

주경진이 귀를 바싹 세웠다.

"드라곤 아이, 의회주의수호위원회, 남성우월주의연맹 외에도 용의선상에 오른 단체는 또 있어."

"어떤 조직인가요?"

문지수가 물었다.

"가령 소고기사먹겠제연대같은 의외의 시민단체도 용의선상에 있지."

"예? '소고기사먹겠제연대'라고요?"

주경진과 문지수 두 사람이 동시에 물었다.

"좋은 색씨 얻으면 소고기 사먹겠제 "

"별별 시민단체가 다 있지만 '쇠고기사먹겠제연대는 처음 들어요. 도대체 어떤 시민운동을 하는 단체예요?"
문지수가 흥미를 느꼈는 지 추 탐정을 졸랐다.
"멘붕연대, 공자왈연대, 삼강오륜지킴이연대, 의회주의수 호연맹, 남성우월주의동맹 등 별별 시민단체를 다 보았지만, 쇠고기사먹겠제연대란 정말 처음이에요. 도대체 목적이 뭐 래요? 혹시 미국산 소고기 판매 촉진 단체 같은 것은 아닌가 요? 아니면 한우판매협동조합이나 *******"
주경진도 궁금하기는 마찬가지였다.

"궁금해? 궁금하면 5백 원."

추 탐정이 손을 내밀고 장난스럽게 웃었다. 주름 투성이의 노 탐정이지만 웃는 모습은 천진하고 장난스럽게 보였다.

"그런 단체만 있는 줄 알아? 자궁해방연대도 있어."

추 탐정은 여전히 웃음 띤 얼굴로 말했다.

"아저씨는 어디서 그런 정보를 수집했어요?"

"강 형사를 알지? 젊은 시절 나와 콤비로 서울시경 강력반에서 일하던 형사 말이야."

추 탐정이 주경진을 힐끗 보면서 말했다.

"알지요. 도저히 형사 같지 않던 문학청년 말이죠?"

주경진이 고개를 끄덕이며 커피를 숭늉처럼 마셨다.

"맞아, 문학청년. 항상 소설 쓴다고 벼르기만 하다가 끝났지만..."

그 강 형사가 지금은 서울지방청 수사지도 과장이 되었지 뭐야. 경무관이야. 내가 옷 벗을 때보다 3계급이 더 높은 벼슬을 하고 있지."

"아, 그랬군요. 아주 유능한 형사였나 봅니다."

주경진이 다시 고개를 끄덕였다.

"그 친구가 나한테 이메일로 보내준 자료야. 우리나라에 시민단체, 즉 NGO가 몇 개나 있는지 알아?"

"글쎄요. 한 50 개 정도?"

주경진이 얼른 답변을 못하자 문지수가 대답했다.

"땡, 틀렸어."

추 탐정이 다시 장난스럽게 웃었다. 그리고 양손을 들고 열 손가락을 펴보였다.

"음, 백 개란 말이죠?"

"아니, 1천 개도 넘어."

"예?"

주경진과 문지수가 동시에 입을 딱 벌렸다.

"소고기사먹겠제연대는 도대체 목적이 무엇이래요?"

문지수가 다시 물었다.

"공부 잘 하면 뭐 하노? 공부 잘 하면 좋은 대학 가겠제. 좋은 대학 가서 졸업하면 뭐하노? 좋은 회사 취직 하겠제. 좋은 회사 취직하면 뭐 하노? 월급 많이 받겠제. 월급 많이 받으면 뭐하노? 좋은 색시 얻겠제. 좋은 색시 얻으면 뭐하노? 기분 좋다고 소고기 사먹겠제*******"

이 코미디의 배경에 숨은 뜻이 무엇일까? 운명론? 팔자타령?"

추 탐정이 어려운 질문을 하면서 두 사람을 의미있게 번갈아 쳐다보았다.

"그냥 웃자고 하는 소리인데 무슨 운명론까지 들먹이세요?"

문지수도 웃으며 말했다.

"아니야. 허무주의 운명론 같은 냄새가 나잖아? 요즘 젊은 이들이 흔히 쓰는 감탄사 '헐' 속에 자포자기의 철학이 들어 있듯이 말이야. 이 '소고기사먹겠제' 라는 말은 아주 심오한 철학이 있어."

"이젠 철학에까지 진도가 나갔네요."

문지수가 어이없다는 듯 입을 삐죽거렸다.

"인간사, 사람이 살아가는 거부할 수 없는 운명을 예견하는 것 같은 철학을 말해 주는 것 아닐까? 아무도 말해 주지 않는 운명의 길을 서슴없이 예언하는 것일 수 있어."

주경진이 진지한 표정으로 말했다.

"경진의 예리한 관찰이 마침내 인생철학을 만들어 내는구나. 허허허! 하지만 그걸 그렇게 너무 심각하게 생각하지 말게. 사람의 욕심은 결국 당연한 자기 이득을 찾아간다는 뜻이 있다고 나는 생각해. 당연한 결과, 그것을 용납하지 못해 싸우는 단체일 거야."

"그렇다면 그 시민단체가 김마리 위원을 살해했다는 말인가요?"

문지수가 말도 안 된다는 듯이 말했다.

"소고기사먹겠제연대가 살인단체라고 단정한 것은 아니야. 용의자 중에 하나일 뿐이야. 그 단체는 표면상에는 당리당략, 이권에 개입하는 권력을 척결하겠다고 나선 단체니까."

"김마리 위원이 무슨 당리당략이나 자기 이익을 위해 특별히 행동한 정치인도 아닌데요."

문지수가 이의를 제기했다.

"시민단체들 중에는 엉뚱한 자가당착에 빠져 세상이 이해 못하는 논리를 내세우는 경우도 있지. 김마리 위원은 오혜빈이 대통령이 된다고 예언한 무속인들의 말을 제일 먼저 퍼뜨린 사람 아닌가. 그러니까 거기에 대한 복수일 수도 있다는 가정을 말하는 걸세."

"그럼 '소고기사먹겠제연대'는 오혜빈 후보의 당선을 반대하나요?"

주경진이 물었다.

"나는 강 과장으로부터 자료를 받고나서 여러 측면에서 용의자를 분석해 보았지. 소고기연대를 비롯해 멘붕연대, 남성우월주의연맹 등 3단체를 집중적으로 분석했지."

"제 생각에는 남성우월주의연맹이 오혜빈 후보를 제일 눈엣 가시처럼 보았을 것 같은데요."

문지수의 말에 추 탐정이 고개를 천천히 흔들었다.

"꼭 그렇지는 않아. 소고기연대는 남녀 혼성 조직으로 되어 있고 전국 가입자가 일만 명 정도 되더군. 이 단체가 가장 고지식하고 과격해."

"기분 좋으면 소고기도 사먹고 즐기는 사람들이 뭐 과격하고 자시고가 있겠어요?"

문지수가 이의를 제기했다.

"그 사람들은 세상이 당연한 이치로 돌아가는 것이 싫은 거야. 해가 허구헌날 동쪽에서만 뜨는 것도 싫고, 여자만 아이를 낳는 것도 싫은 거야."

추 탐정의 말에 주경진이 보탰다.

"세상이 거꾸로 돌아가기를 바라는 사람들이군요."

"말하자면 그렇지."

"그런데 왜 그 사람들이 오혜빈 후보가 싫은 거예요?"

추 탐정은 입을 꾹 다물고 불 켜지지 않는 지포 라이터를 몇 번 철거덕거리다가 입을 열었다.

"오혜빈 후보는 여성 대표이고 여당의 후보잖아. 우리나라 인구 분포, 아니 유권자 수는 여자가 더 많으니까 논리대로 하면 오혜빈 후보가 표를 더 많이 얻어 당연히 대통령으로 당선된다는 부동의 논리가 나오지. 그런 절대적인 법칙을 용서할 수 없는 거야."

"미쳤군요."

문지수가 비탄 섞인 말을 내뱉었다.

"참 이상한 시민단체도 있네요."

"이제 역사가 한계에 이르면 별별 일이 다 생긴다고 석학들이 수없이 예언을 했잖아. 그것을 어떤 학자들은 말세라고도 하지."

"어쨌든 소고기사먹겠제연대의 구성원이나 리더는 파악이
되셨나요?"

주경진이 물었다.

"아직 용의 선상에만 있지 구체적인 증거는 하나도 잡힌 게
없어. 그 단체의 리더는 여자인데 우리나라에서 가장 유명한
종교계통 학교의 교수야. 기독교 계통은 아니지만 세상의 심
판에 의한 종말론을 신봉하는 사람이야. 살인 동기 중 신념
에 의한 범죄가 가장 무섭다고 일본의 추리 소설가 에도가와
란포가 말했었지."

"미국의 에드가 앨런포가 아니고요?"

문지수가 아는 체했다.

"아니야. 일본 추리소설의 아버지로 불리는 사람인데 에드
가 앨런포의 이름을 본따서 에도가와 란포(江戸川 亂步)라
는 필명을 썼지."

추 탐정은 말을 마치며서 의미심상한 미소를 머금었다.

사라진 대통령 당선인

 여당의 김마리 위원이 피살된 사건은 대선 기간 중에 끝내 범인을 밝히지 못했다. 국민들은 무능해서 못 잡느냐, 일부러 안 잡느냐는 비아냥을 수사 당국에 쏟아부었다.
 사건은 대선의 최대 이슈로 변해 가고, 결국은 피해 정당인 여당은 매우 유리한 입장이 되었다.
 그러나 별도로 사건 의뢰를 받은 추병태 탐정은 수사에 상당한 진전을 이루었다. 추 탐정이 처음 지목한 '의회주의수호연맹이나 멘붕연대 소고기사먹겠제연대보다는 제4의 단체가 용의선상에 떠올랐다. 제4의 용의단체도 '소고기연대'

와 같이 정체가 밝혀지지 않은 여자가 리더였다.

여자 암살단체가 왜 여자 진영의 강력한 지도자를 암살했는지, 그 동기는 짐작할 수가 없었다. 그러나 추 탐정이 수집한 여러 가지 증거가 이를 추리하게 만들었다.

우선 오혜빈 후보에게 협박 전화를 보낸 장본인을 경찰에서 밝혀냈는데 발신자는 대포 폰을 사용하는 여자였다. 추적해서 신원을 알아내고 검거했으나 자기는 어떤 여자의 부탁을 받고 이름을 빌려주었을 뿐이라고 말했다. 그러나 그 여자의 신원을 아직 밝혀 내지 못했다. 대포 폰 자체가 허구인지도 모를 미궁으로 빠졌다.

주경진이 추 탐정 사무실에 들렀을 때, 추 탐정은 혼자 컴퓨터에 매달려 독수리 타법으로 자판을 두드리고 있었다.

"아저씨 뭐 좀 알아내셨죠?"

주경진은 흥미 가득 찬 표정을 짓고 있는 추 탐정의 눈동자를 들여다보며 물었다.

"경진이는 못 속이겠네."

추 탐정은 소년 같은 미소를 지으며 하던 일을 멈추고 주경진에게 자리를 권했다.

추 탐정이 수사한 내용에는 피살자가 호텔에서 피살되기 몇 시간 전 같은 호텔 카페에서 여자 세 사람이 하는 이야기를 들었다는 바텐더의 제보도 들어 있었다.

"호실을 알아냈어."
"어딘데?"
여자 셋은 몹시 긴장한 표현으로 말을 주고받았다고 한다.
"에스케이 쇼핑몰."
"뭐야? 팀이 다른데?"
"그러니까, 오히려 잘된 거야. 일하기가 쉽잖아."
"빨리 왕언니한테 보고해야지."

추 탐정은 이런 내용을 바텐더로부터 들었다는 것이다.
"무슨 암호를 주고받은 것 같은데요?"
주경진이 고개를 갸웃하며 추 탐정에게 물었다.
"여자들이 모여서 주고받는 이야기 가운데 쇼핑몰 명품 사러 다니는 이야기가 제일 많지 않겠어. 얼른 들으면 평범한 이야기 같지?"
"그렇지요. 근데 쇼핑몰과 살인사건이 무슨 상관이 있나요?"
"암호를 주고받았다는 자네 짐작이 맞아. 호실을 묻는 질문에 에스케이 쇼핑몰이라고 했단 말이야."
"호실은 김마리 위원이 들어 있는 호텔 룸을 말한 것이라

치더래도 에스케이 쇼핑몰은 느닷없이 무슨 말이에요?"

"에스케이가 운영하는 인터넷 쇼핑몰이 있잖아."

추 탐정이 다시 빙그레 웃었다.

"11번가! 그러니까 11호실."

"11호실이 아니고 11층일 거야."

"팀이 다르다는 것은 무슨 뜻인가요?"

주경진이 추 탐정의 입을 쳐다보았다. 그런 동안 추 탐정은 믹스 커피 한 잔을 종이컵에 타서 가지고 왔다.

"팀이란 오혜빈 후보 일행을 말하는 것이지. 오 후보 일행은 그날 청주 호텔 10층을 통째로 빌려 사용하고 있었지. 그런데 김마리 위원은 자기는 따로 떨어져 있겠다고 하면서 11층으로 올라갔잖아."

"맞아요. 경찰 수사기록에 그렇게 돼 있었죠. 왕언니한테 보고해야 한다고 했는데, 그건 이 암살사건의 지령 인물이겠군요."

"그러니까 사건의 주모자, 즉 암살단의 지휘자가 여자라는 뜻이지."

"그 여자가 누굽니까?"

"그걸 알면 내가 이러고 있겠어?"

"그렇다면 그 여자가 소고기사먹겠제연대의 우두머리가 아닐까요?"

"전혀 아니라고는 말할 수 없지. 하지만 아무래도 그 단체는 아닌 것 같고 다른 암살단이 있는 것 같아."
"어째서 그렇게 생각하세요?"
"이유는 없어. 나도 육감이라는 게 있거든."
"수사를 육감으로 하시는 줄 몰랐네요."
주경진이 실망스럽다는 표정으로 말했다.
"이젠 나도 늙었나봐."
추 탐정이 갑자기 쓸쓸한 눈으로 창밖을 내다보았다. 주경진은 쓸데없는 말을 했다고 후회했다. 그러나 사과할 적당한 말이 생각나지 않았다.

김마리 피살사건의 범인이 잡히지 않은 채 투표날이 다가왔다. 투표가 마감되는 오후 6시 정각으로부터 채 3분도 지나지 않아 모든 유권자의 모바일에 선거 결과가 떴다. 집계가 끝난 것이다.
"여자 대통령 탄생!"
"투표와 개표가 리얼 타임으로 이루어져 결과가 금방 나왔습니다. 오혜빈 51,6%, 공대성 32%, 강로리 11.2%, 양천수 6%."
오혜빈이 얻은 표는 여성 유권자 전체 숫자와 비슷했다. 그러나 같은 여자 후보인 강로리가 11%나 얻은 것은 상당수의 남자가 오혜빈을 지지했다는 뜻이 된다.

 오혜빈 대통령 당선인은 남녀를 초월한 정부를 구성하겠다고 선언했다. 당선 몇 시간 후 대선 캠프에서 기자회견을 가졌다. 모두연설에서 공약을 반드시 지킬 것이란 점을 거듭 강조했다.

 "남녀를 초월한다고 하셨는데 그럼 혹시 수퍼우먼을 꿈꾸시는지요?"

 모바일 방송 중 가장 많은 시청자를 가졌다고 자랑하는 스마트연대의 질문이었다.

 "여자가 대통령에 당선되었다는 자체가 수퍼우먼임을 증명한 것 아닙니까?"

 "못 말려."

 "안하무인이군."

 여기저기서 빈정거림이 나왔다.

 "오 당선인은 당선되면 국회를 없애겠다고 하셨는데 그 공약을 실천할 것입니까?"

 "저는 모든 공약을 반드시 실천하는, 약속을 지키는 대통령이 된다고 이미 말씀드리지 않았습니까?"

 "그럼 만 원짜리 지폐에도 여성 초상화를 넣을 것입니까?"

 "지폐는 장차 없어질 것입니다. 전자결제, 즉 모바일로 모든 것이 대체 될 것입니다."

"다시 묻겠습니다. 국회를 없애겠다고 하였는데, 그럴 경우 모든 정치인이 칼을 뽑을 것입니다. 그런 저항을 헤쳐 나갈 수 있겠습니까?"

"정치는 칼로 하는 것이 아닙니다."

"당선되면 수영복 차림으로 공중잽이, 비보이 쇼를 다시 보여 줄 것이라고 했는데, 이 자리서 공중잽이 한 번 하실 용의가 있습니까?"

오 후보는 요청이 끝나기가 무섭게 단상에서 돌연 허공으로 치솟아 공중에서 두 바퀴를 돌고 마이크 앞에 섰다. 눈 깜짝할 사이에 일어난 일이었다.

"와!"

"엇!"

기자들의 입에서 감탄이 터져나왔다.

"됐습니까?"

오혜빈 당선인은 빙그레 웃으면서 기자들을 내려다보았다.

저녁 7시께 기자 회견을 마치고 돌아가던 오혜빈 후보에게 뜻밖의 비극이 닥쳤다.

여의도 여당 당사를 떠난 오 후보는 숙소인 용산 아파트에 돌아오지 않았다. 앞뒤 경호차가 엄중하게 호위하고 마포대교를 건너 공덕동 로타리를 거쳐 용산에 도착한 자동차 행렬은 아무 이상이 없었다. 그러나 아파트에 도착한 오 후보의 차에는 운전사 외에 아무도 타고 있지 않았다.

"어떻게 된 거야? 왜 오 대통령이 안 보여?"

함께 뒤따라 간 허연나 사무총장의 물음에 운전기사는 어이없는 말을 했다.

"다른 차를 탈 테니 그냥 가라고 하셔서."

기사는 자기 핸드폰을 흔들어 보이며 말했다.

"뭐야? 오 당선인이 그렇게 말씀하셨어?"

"예."

그러나 오 대통령 당선인은 아무 차에도 타고 있지 않았다.

대권은 골치덩이

 대한민국 제19대 대통령 당선인 여당(女黨)의 오혜빈 후보의 유고는 세상을 발칵 뒤집어 놓았다.
 모든 뉴스 생산기관들이 24시간 '대통령 당선인 실종' 사건만을 보도했다. 믿기 어려운 각종 추측이 난무하고, 모든 정치 평론가들이 때를 만난 듯 마이크 앞에 붙어서 온갖 해설을 쏟아내고 있었다.
 SNS를 뒤덮은 추측기사를 정리하면 사건의 배후는 대체로 다음과 같이 된다.
 첫째, 정치적 범죄 단체의 개입

둘째, 여당 내의 권력 갈등에 의한 범죄
셋째, 남당 주변의 음모나 개인적인 원한
넷째, 북한의 개입

 이상 네 가지를 두고 추측이 난무했다. 그중에서도 정치적 음모설이 가장 그럴 듯했다. 유권자들은 대선의 정적이었던 남당에서 패배를 도저히 용납할 수 없어 일어난 사건이란 설에 흥미를 보였다. 그 예로 공대성 패배자가 패배를 인정하는 발언을 하지 않았다는 점을 들었다.
 그러나 누가, 무엇 때문에 납치, 혹은 살해한 것인가에 대한 추리에 못지않게 앞으로 정국이 어떻게 펼쳐질 것인가 하는 데 관심의 초점이었다.
 만약 오혜빈 당선인이 장기간 나타나지 않으면 누가 대통령 권한을 행사하느냐는 문제가 부각되었다.
 당선인이라고 하지만 아직 선관위로부터 당선 통지서를 공식적으로 받은 것도 아닌 애매한 신분이었다. 엄격하게 말하면 제19대 대통령 선거 최고 득점자라는 것이 정확한 표현이었다.
 이럴 경우 만약 장시간 실종 상태가 계속된다든가, 혹은 사망했다고 결론이 나면 대통령 자리는 어떻게 되느냐 하는 것이 문제였다.

"오혜빈 당선인이 끝까지 나타나지 않으면 선거를 다시 해야 하는 것 아닌가?"

이것이 가장 유력한 관측이었다. 그러나 대통령 정식 취임일인 2018년 2월 25일까지 오혜빈 당선인이 나타나지 않을 경우 청와대 주인은 누가 되느냐 하는 데는 명확한 법률 해석이 없었다.

18대 대통령은 임기가 2018년 2월 24일까지이기 때문에 후임자가 없다고 해서 그냥 연장할 수는 없는 것이 법이었다.

그럴 경우 다음 대통령이 결정될 때까지 '대통령 유고'로 보고 법률에 따라 승계권 서열별로 대통령 권한대행이 대통령의 임무를 수행해야 한다는 것이 유력한 해석이었다.

우리나라 헌법은 대통령 유고 시에는 국무총리가 대통령 권한을 대행하고 60일 이내에 새 대통령을 선출해야 하는 것으로 되어 있다.

실제로 4.19학생 혁명 때 이승만 대통령이 하야함으로써 대통령 자리가 공석이 되었다. 이럴 경우 법에 따르면 부통령이 권한 대행을 하게 되어 있었으나 부통령인 이기붕 일가도 자살했기 때문에 부통령 자리도 공석이었다.

따라서 다음 순위인 내각, 즉 장관이 대행하게 되어 있었다. 당시 수석 장관이 허정 외무장관이었기 때문에 허정 내각 수반 대행 정부가 탄생했던 것이다.

1979년 박정희 대통령이 김재규 중앙정보부장에 의해 시해되었을 때는 부통령이 없었기 때문에 최규하 국무총리가 대통령 권한대행을 했다.

멘붕연대가 주최한 SNS의 한 토론회 내용을 들어보자.

"19대의 경우는 부통령이 없기 때문에 현 대통령이 다음 대통령이 뽑힐 때까지 임기를 연장해서 근무해야 하는 것이 상식 아니오?"

"하루도 꼴보기 싫은데 연장이라니? 무슨 개소리요."

"대통령 임기 연장이라는 것은 우리 헌법에 없어요. 18대 대통령은 정확하게 2018년 2월 24일 24시에 권한이 종료되는 것입니다."

사회를 맡은 꽁지머리 방용환이 해석을 했다.

"꽁지님 말이 맞습니다. 그러면 대통령 유고시의 법률을 적용해서 총리가 대통령 권한대행을 해야 할 것입니다."

한 여자 모티즌(모바일을 쓰는 네티즌)의 말을 다른 모티즌이 반박했다.

"18대의 대통령이 임명한 총리는 자격이 없습니다. 19대 대통령이 임명한 총리라면 몰라도..."

"그러면 국회의장이 권한 대행을 해야 합니다."

"삼권분립도 모르십니까? 무식하긴"

"뭐? 누가 무식한데? 법률 좀 알고 이야기 해!"

"저게 그냥."

토론이 싸움으로 번지기도 했다.

"제 생각으로는 대통령 취임일인 2018년 2월 24일 24시 이전까지 오혜빈 당선인이 나타나지 않을 경우 곧 대통령 권한 대행이 법에 따라 취임하고 대통령 재선거를 실시해야 할 것 같습니다."

싸움을 말릴 양으로 꽁지머리가 다시 결론을 냈다.

"그걸 말이라고 하는 거요? 아직 두 달이나 남았는데 하루빨리 서둘러야지."

"오혜빈이 죽었는지 살았는지도 모르는데 무슨 뚱딴지 같은 소리요?"

"당신 말 조심 해! 오혜빈 당선인이 죽기를 바라는 거야?"

"당신은 남자인데 뭣 땜에 여자 편을 드는 거야?"

"뭐야? 여자 없이 남자가 어디서 태어나?"

"네가 세상에 튀어나온 거기나 섬겨라!"

"아이구. 나쁜넘."

다시 거친 말이 오가고 토론이 감정싸움으로 번져갔다. 그러자 토론은 중단되고 수만 명이 모바일 곳곳에 중구난방의 의견을 쏟아냈다.

미국에서는 오바마 대통령 선거 때 실제로 당선자 암살을 대비한 대책이 이루어졌다. 의회조사국에서 오바마가 투표 중이거나 당선 직후 피살되었을 때를 대비한 보고서를 의장단과 정부에 제출한 일이 있었다. 여러 가지 경우가 나열되고 대책도 제시했다.

만약 대통령이 당선인의 신분으로 피살되었을 때는 부통령 당선자가 권한을 승계하는 것이 타당하다는 의견을 내놓았다.

그러나 부통령 당선자도 유고시에는 물러나는 대통령의 법적 승계권을 가진 하원 의장이나 각료가 승계할 수도 있다고 했다.

하지만 이 경우 물러나는 대통령이 자기가 임명한 각료를 대통령 권한 대행으로 지명할 수는 없을 것이라는 다른 견해도 보였다.

대통령 유고시에는 잔여 임기에 대한 문제도 있었다. 잔여 임기만 하느냐, 새 임기가 시작되느냐 하는 것이었다.

우리나라의 여러 법률에는 선출직의 경우 중도에 유고가 생기면 후임자는 잔여임기만 하도록 되어 있다. 그러나 대통령만은 그렇지 않다. 새로운 임기, 즉 5년간이 새로 시작된다.

오혜빈 대통령 당선인의 경우는 만약 재선거가 된다면 새 당선자는 물론 5년 임기 그대로 적용이 된다.

"추 탐정님은 2월 24일까지 오혜빈 당선인이 나타나지 않으면 어떻게 해야 한다고 생각하십니까?"

추 탐정의 사무실을 찾은 문지수가 물었다.

"아마도 대통령 선거를 다시 해야 하겠지."

"법률에는 60일 이내에 다시 뽑는다고 되어있다고 합니다. 그런데 재선거 기간 중에 오혜빈 당선인이 나타난다면 어떻게 됩니까?"

"뭐? 음―그럴 수도 있겠구나."

추 탐정은 대단히 고통스러운 표정을 지었다. 마치 자신이 무슨 난관에 봉착해서 고통 받는 것 같았다.

"그렇게 되면 투표를 중지할 수도 없고, 그렇다고 다시 오혜빈 당선자를 대통령으로 인정할 수도 없는 일 아닌가요?"

"정말 말도 안 되는 일이 자꾸 일어날 것 같구먼."

대권보다는 여자

"아저씨, 그러니까 청주 호텔 커피숍에 있던 세 여자가 수상하다는 말씀이지요?"

주경진이 추 탐정이 타준 커피를 조금씩 마시면서 물었다. 설탕을 너무 타서 느끼했지만 불평할 수가 없었다.

김마리 의원 피살사건과 오혜빈 당선인 실종사건이 관련 있다고 생각하는 것은 주경진 혼자만이 아니었다.

"김마리 위원 사건을 철저히 캐면 오혜빈 당선인의 실종사건도 밝혀질 거야."

"그러면 아저씨도 오혜빈 당선인의 실종을 범죄사건으로

보고 있군요."

"그럴 가능성이 충분히 있지. 김마리 위원이 피살된 사건 현장에 있던 여자 셋이 아무래도 마음에 걸리거든."

"또 아저씨의 육감 이야기예요?"

"경찰에서는 대수롭지 않게 생각하지만, 나는 좀 이상하다고 생각했어. 더구나 그들이 나눈 대화를 나대로 해석을 해 보았거든."

"그런데 그 정보는 어디서 얻었습니까?"

"청주의 수사본부에서 경찰청에 보고한 정보에 딱 한 구절이 있었어."

"세 여자가 수상하다고요?"

"아니지. 그날 그 시간에 객실 외에 호텔 내부에 있었던 사람들을 전부 체크한 자료에 있었어. 드나든 사람이 모두 서른두 명인데 그 중에 그 여자들 셋이 있었지."

"경찰청 자료를 모두 가져왔나요?"

주경진이 혹시 수사 누설 같은 일이 생기지나 않을까 걱정되어 물었다. 단순한 살인사건이 아니고 정치적으로 민감한 사건이라 말썽에 휘말릴까 봐 걱정이 되었다.

"너도 어릴 때 여러 번 보았겠지만, 젊은 시절 나와 함께 서울시경 강력반에서 짝으로 뛰던 강 형사, 아니 지금은 과장이지. 강 과장이 경찰청 수사 지휘 파트에 있거든."

"영원한 문학청년을 자처하던 그 강 형사 말씀이군요."

"맞아, 지금도 서사시를 쓴다고 벼르고 있다네."

"아니 그땐 소설인가 희곡인가를 쓴다고 하지 않았어요?"

주경진이 학생시절의 기억을 떠올리며 미소를 지었다.

"소설은 문학성이 약하다나. 진짜 문학을 하려면 시를 써야 한다고 그러더군. 철이 드는 게 아니라 철이 나가는 것 같아."

"못 말리는 문학청년이군요."

"아니지. 요즘은 문학소년으로 퇴보하는 것 같다는군. 어쨌든 강 과장 사무실에서 수사기록을 훑어보았는데 출입자들 중에 커피숍의 여자 셋이 성명 불상, 연령 불상이란 딱지와 함께 한 줄 기록되어 있었어."

"그런데 세 여자의 대화는 어떻게 알았어요?"

"기록을 보면서 아무래도 마음에 걸려 내가 청주의 그 호텔로 갔지."

"현장을 다녀오셨어요?"

"현장이야 여러 번 가 보았지만, 그 여자 세 명에 대해서는 자료 수집을 한 일이 없었지."

"그래서 그 여자들을 만났어요?"

"아니야. 우선 당시 커피숍에 장치되어 있던 경비업소의 CCTV를 검색해 보았지. 마침 그 때의 장면이 녹화되어 있었

어. 상태가 나쁘고 위치가 좋지 않아 명확히는 알 수가 없었
지만.”

“그런데 대화 내용을 어떻게 아셨어요?”

“응, 그게 말이야. 그 여자들 옆 자리에 앉아 있던 두 남자한
테 물어보았지.”

“남자 두 명이라고요?”

“응, 두 남자는 얼굴이 똑똑히 나와 있었어. 커피숍 종업원
에게 보여주고 누구냐고 물었더니 그 호텔에 묵었던 손님이
라고 했어. 그래서 숙박부에 적힌 주소를 보고 그 남자 두 명
을 찾아갔었지. 서울의 대기업 사원들인데 청주에 출장 갔다
가……”

추 탐정의 이야기가 계속되었다.

출장 간 회사원 두 사람은 저녁을 먹고 난 뒤 마땅히 할 일
이 없어 커피숍에 앉아 드나드는 여자들에게 수작이나 걸어
볼까 하고 내려갔다. 모처럼 출장 나와 마누라 없는 곳에서
걸려드는 여자라도 있으면 어떻게 해 볼까 하는 바람기가 발
동했다.

그런데 외지에서 온 듯한 여자 셋이 노닥거리고 있는 것 같
아 옆자리에 앉아 관찰하며 기회를 엿보고 있었다. 우선 무
슨 대화를 하는지 알아야 수작을 걸 수 있을 것 같아 유심히

대화를 엿들었던 것이다.

세 여자는 친구 사이 같지는 않았다. 두 여자는 나이가 비슷하고 한 여자는 훨씬 젊어 보였다. 그런데 친구처럼 보이는 두 여자도 서로 말을 놓지는 않았던 것 같다고 했다.

남자들은 수작 걸 상대가 아니라고 생각하고 밖으로 나와 맥주집에서 한 잔 하고 곧바로 들어가 잤다고 했다.

"그 CCTV 볼 수 있을까요?"

이야기를 듣고 난 주경진이 물었다.

"아니야. 나도 호텔 방재실에서 보기만 했지, 복사 같은 것은 할 수가 없었어. 여자 셋이 앉아있는데 두 여자는 얼굴이 보이지만 한 여자는 뒤로 돌아앉아 있어서 얼굴이 나오지 않았어. 한 여자는 젊고 한 여자는 한 마흔이 훨씬 넘은 것 같기도 하고, 어찌 보면 30대 같기도 하고 화면이 선명하지 않아 분별이 어려웠어. 요즘은 CCTV 판별하는 기술이 발달해서 전문 파트에서 재처리를 하면 선명하게 나올 수도 있다고 하더군. 우리 때와는 달리 수사기법이 엄청나게 발전했지. 요즘은 거의 모든 범죄 현장이 CCTV에 잡히거든."

"그 여자들이 범행의 주체는 아닐 것이고, 누가 몸체냐 하는 것이 문제군요."

주경진이 긴 숨을 내쉬면서 힘없이 말했다.

"몸체를 밝히자면 우선 깃털, 즉 그 여자들 신원부터 알아내야 하지. 그 당시에 호텔에 묵은 여자들을 다 조사해 보았는데, 여자 셋이 한꺼번에 온 기록은 없었어. 아마 그 여자들이 범인이라면 일을 끝낸 뒤 그 곳을 떠났다고 봐야지."

"호텔 현관을 나가는 장면이 CCTV에 잡히지 않았을까요?"

주경진이 눈을 반짝였다.

"내가 현직에 있었다면 그걸 달라고 해보았을 텐데 사립 탐정한테는 그런 권한이 없어."

추 탐정이 갑자기 쓸쓸한 표정을 지었다.

오혜빈 당선인의 실종은 공대성 후보의 캠프에도 큰 충격을 주었다. 앞으로 정국이 어떻게 돌아갈지 몰라 모두 촉각을 곤두세웠다.

"무슨 소식 들은 것 있나?"

주경진이 사무실에 들어서자 공대성 후보가 기다렸다는 듯이 물었다.

"김마리 위원 살해범이 오혜빈 당선인 사건과 관련이 있을 것이라는 것이 추 탐정의 추리였습니다."

주경진이 대수롭지 않은 정보란 듯이 말했다.

"그래? 정말 그럴까?"

공대성은 의외로 크게 관심을 보였다. 눈을 둥그렇게 뜨고 주경진의 얼굴을 쳐다보았다. 오혜빈이 무슨 일을 당해 선거를 다시 했으면 하는 바람이 빤히 보이는 것 같았다.

주경진은 공대성의 눈동자를 들여다보았다. 독심술을 발휘해서 그의 속마음을 읽어내려는 것이었다.

- 아니, 이런?

그러나 주경진의 생각은 빗나갔다. 공대성의 마음 속에는 여자의 얼굴로 가득 차 있었다.

- 여자가 둘이잖아. 첫사랑이었다는 조연하와 김하진이 아닌가. 조연하는 지금도 몰래 만나고 있는 사이이고, 발레리나 김하진은 처제이면서 숨겨놓은 섹스 파트너가 아닌가.

그런데 양천수의 사실상의 처인 박소진의 얼굴은 왜 나왔을까? 설마 박소진에게까지 마수를 뻗치지는 않았겠지.

주경진은 옛날부터 공대성의 이중인격에 실망했지만, 이제는 역겨움까지 느껴졌다.

당선인 유고 때는 2위가 승격

남당의 대통령 후보로 나왔다가 당선에 실패한 공대성은 갑자기 바뀐 환경에 별로 당황하지 않았다. 침대에서 일어나서부터 잠들 때까지 집요하게 달라붙던 기자들도 사라지고, 눈도장 찍어 두려고 틈만 나면 앞에서 얼쩡거리던 정치인들도 뜸해졌다.

공대성은 이런 일을 예견이라도 한 듯이 잘 극복하고 있었다. 매스컴의 눈이 사라지자 자기만의 세계에서 무슨 일인가를 꾸미는 것 같기도 했다. 가끔 비서진도 모르게 몇 시간, 혹은 하루 이틀씩 사라지는 경우도 있었다. 그러나 세상은 이전처럼 집요하게 그의 일상을 추적하지 않았다.

주경진은 그가 어제 밤에 한 일이 무엇인지 알아내려고 독심술의 기법을 총동원해서 공대성의 얼굴을 살폈다.

퇴근 길, 공대성은 자기 집 앞에 이르자 수행비서와 운전기사를 돌려보냈다. 공대성은 직접 운전해서 차고로 차를 몰고 들어갔다. 그러나 차를 세우지 않고 다시 돌아 나왔다. 차고를 나오자 잠깐 좌우를 살펴보고는 아무도 없다는 것을 알자 쏜살같이 빠른 속도로 차를 몰고 어디론가 달려갔다.

공대성은 한강변 W호텔 방갈로로 갔다. 전용으로 쓰고 있는 별장이었다.

공대성은 거기서 미리 와서 대기하고 있던 조연하를 만났다.

"빨리 오셨네요?"

조연하는 어깨가 완전히 드러난 검정색 잠옷을 펄럭이며 공대성의 목을 껴안았다. 그리고는 공대성이 옷을 벗을 틈도 주지 않고 입술에 키스를 퍼부었다.

"대통령 안된 것이 얼마나 잘된 일인지 몰라요. 당신이 대통령 당선인 신분이라면 이런 재미를 볼 수 있겠어요?"

조연하의 말에 공대성은 대꾸를 하지 않았다. 대신 부지런히 손을 놀려 옷을 벗었다. 이어 조연하의 잠옷을 거칠게 벗긴 뒤 급히 섹스를 하기 시작했다.

"바쁜 일이 좀 있어서 가 봐야 하거든."

급하게 볼 일을 끝낸 공대성은 주섬주섬 옷을 입었다. 공대성은 아직 얼얼한 기분인 조연하의 벗은 가슴을 잠깐 토닥여주고는 급히 밖으로 나왔다. 공대성은 다시 자동차를 을지로에 있는 롯데호텔로 몰고 갔다.

공대성은 14층에 있는 비즈니스 룸으로 갔다. 그곳은 상담이나 국제회의 같은 회합을 위해 마련된 고급 비즈니스 룸이 여러 개 있는 층이었다. 비교적 비밀이 보장되는 곳이었다. 공대성은 그 중의 한 룸으로 들어갔다.

"빨리 오셨네요? 의원총회가 있다더니."

기다리고 있던 여자가 일어서서 공대성을 맞았다. 40대로 보이는 미인이었다.

"하진이는?"

공대성이 자리에 앉으며 물었다.

"곧 올 거예요. 문지수를 좀 만나러 갔어요."

"문지수? 걔는 위험 인물이야."

공대성이 얼굴을 찌푸렸다.

"왜요?"

여자가 담배를 꺼내 물면서 물었다. 분홍빛 매니큐어를 한 손가락 사이에서 담배연기가 피어올랐다.

"우리 캠프의 비밀이 걔를 통해서 새 나가는 것 같다는 정보가 있어."

"하지만 우리 쪽에서 걔를 통해 얻는 정보도 있어요. 특히 오혜빈 실종수사에 대한 정보를 얻을 수도 있거든요."

"그런 점도 있기는 하겠지. 그런데 수사당국은 어디까지 알고 있다는 거야?"

"지금은 아는 것이 아무것도 없대요. 오전에 국정원 국내 담당 차장을 만났는데, 전혀 행방을 모르는 것 같았어요."

"여당에서는 어떤 대책을 세웠는지 알아낸 것이 있나?"

공대성은 가슴이 깊이 파인 옷 때문에 윤곽이 도드라진 여자의 가슴을 호기심 가득 찬 표정으로 뚫어지게 살피면서 물었다.

"재선거 같은 것은 아직 고려하지 않는 것 같아요. 시간 싸움 아니겠어요?"

여자는 공대성의 시선을 의식했는지 슬그머니 가슴을 여미면서 빙긋 웃었다.

"저 왔어요."

그 때 문이 조용히 열리고 김하진이 들어왔다. 무대의상 같은 요란한 차림 대신에 짙은 회색 롱코트를 입고 있었다. 흰색 머플러가 멋진 목을 더욱 돋보이게 했다. 위로 말아올린 긴 머릿결에서 윤기가 났다. 얼핏 보아도 보통 주부나 직장 여성의 차림과는 다른 멋이 풍겼다. 발레리나의 분위기를 그대로 느끼게 했다.

"어서 와, 처제."

공대성이 웃으면서 반겼다.

"밖에서는 처제란 말씀 거북해요."

김하진이 웃지도 않고 말했다.

"그럼 뭐라고 부를까? 피앙세?"

'피앙세? 요즘 누가 그런 구닥다리 단어를 쓰나요? 70년대 식이네요."

"내가 학생 때는 인기있는 호칭이었거든."

"그냥 김하진이라고 부르세요."

"알았어요. 김하진 씨. 문지수한테서 뭐 얻은 정보가 있나요?"

"여당에서는 오혜빈이 나타날 것이라고 생각하고 있나 봐요. 오혜빈을 납치로 보는 것이지요."

"아니, 김마리가 피살된 것을 보고도 살해되지 않고 납치되었다고 보는 거야?"

김하진은 대답 대신 고개만 끄덕였다.

"그 건은 차질없이 진행되지? 처제."

공대성의 공무원 같은 질문에 김하진은 그냥 웃어보였다.

당선인이 실종된 여당에서는 연일 비상대책 회의가 열렸다. 그러나 뾰족한 대책이 나오지 않았다. 하루에 두 차례씩 총리실로부터 실종사건 수사에 대한 보고를 받고 있으나 결정적인 정보는 나오지 않았다.

"우리 경우와 비슷한 일이 과거에도 있었습니다. 5년 전에 베네수엘라에서 차베스라는 사람이 대통령에 당선되었으나 취임식을 하지 못해 법률 해석을 두고 시끄러운 적이 있었지요. 차베스는 당선인의 자격으로 있으면서 암수술을 받아 중태였기 때문에 대통령 취임식을 거행하지 못했습니다. 그러면 대통령으로서 권리 행사를 할 수 있느냐 하는 문제가 생긴 것입니다."

비상대책회의에서 문지수가 참고 발언을 했다.

"그때는 어떻게 끝났지?"

마광숙 위원이 물었다.

"대법원에서는 취임식을 못하고 취임선서를 하지 않았더라도 대통령의 권한행사에는 영향이 없다는 해석을 했습니다. 그러니까 취임날짜가 되면 그때부터 대통령이 되기 때문에 집무실에 없을 뿐이지 대통령의 자격에는 변함이 없다는 것이지요."

"그렇다면 우리 오혜빈 후보도 2월 25일부터는 대한민국 제19대 대통령이 되는 것이군요. 다만 청와대에 있지 않다는 것 뿐이지요."

허나연 사무총장, 아니 비상대책 위원회 위원장이 말했다.

"당선인이 서거했다는 증거가 없으니까 자동적으로 대통령이 되는군요. 그러나 유고 중이니 누군가가 권한대행을 해야 하는 것 아닌가요?"

"국무총리가 대통령 권한대행을 하도록 헌법이 정하고 있으니까, 현재의 국무총리가 대통령 권한대행이 되는 것 아닐까요?"

"그러면 정권이 바뀌는 것이 아니군요. 지금 총리는 18대 대통령이 임명한 사람이니까, 18대의 연장인 셈이 아닌가요?"

마광숙이 허 위원장을 쳐다보며 물었다.

"헌법 61조에는 대통령이 유고시에는 국무총리가, 국무총리도 유고시에는 국무위원 서열순으로 권한대행을 하도록 되어 있었습니다. 국무총리 다음 수석 국무위원은 지경부 장관이지요. 그리고 대통령 당선인이 취임 전에 사망 등 유고가 생기면 60일 이내에 재선거를 하도록 법이 정하고 있습니다. 공직 선거법 195조 4항, 정부 조직법 12조에서 그렇게 규정하고 있습니다."

문지수의 설명에 마광숙이 엉뚱한 말을 했다.

"당선인이 유고시에는 차점자가 대신 당선인이 되는 경우는 없나요?"

"그건 대학 입학시험에나 통하는 일이지요. 합격자가 등록을 안 하면 차점자가 합격되잖아요."

허나연이 비웃듯이 말했다.

반려동물을 준가족으로

　오혜빈 당선인 실종사건은 수사에 큰 진전이 없었다. 수사
부진 속에 취임식 날짜가 하루하루 다가오고 있었다.
　"이러다가 대통령 없는 나라가 되는 것 아닌가?"
　"국가 원수가 공석이면 국군 최고 통수권자가 없다는 이야
기인데, 이럴 때 북한의 침략이라도 받는다면 누가 국군을
지휘할 것인가?"
　"오 당선인이 살아있는지 죽었는지 감감 무소식이라니, 도
대체 정부는 뭐하는 거야?"
　매일 모바일 중요 포털에는 전국민 모티즌들의 우려의 글이

빗발쳤다.

나라 안의 모든 분야에서 걱정이 태산 같았다. 그 중에도 가장 속 타는 곳은 당선자를 내고 기뻐해야 할 여당의 핵심부였다.

김마리 위원도 없는 여당 본부는 허연나 사무총장이 수장이었다. 선후배를 따진다면 마광숙 교수가 위겠지만, 당내의 서열이나 정치 경력으로 따진다면 허연나가 당을 이끌어갈 수밖에 없었다. 여당 소속 110여 명의 국회의원들도 허연나의 당의장 대행에 대해 이의를 제기하지 않았다.

"당선인이 없더라도 당에서 해야 할 일은 해야 하지 않을까요?"

마광숙 교수가 허연나 사무총장에게 먼저 말을 꺼냈다.

"해야 할 일이 무엇입니까?"

허연나 사무총장이 못마땅한 듯 짜증 섞인 말투로 말했다.

"오혜빈 당선인이 선거 전에 내놓은 공약을 어떻게 한다는 발표라도 있어야 하는 것 아닐까요?"

"마 교수님이 걱정할 일이 아닌 것 같은데요."

허연나가 시큰둥하게 대답하고 나가 버렸다.

"허 총장이 왜 저래? 납득이 안 가네. 내가 뭐 잘못한 것 있나요?"

마광숙 교수가 양 손을 벌려 보이며 어처구니 없다는 표정을 지었다.

그 때였다. 얼굴이 벌겋게 달아오른 문지수가 바람같이 뛰어들어왔다.

"이것 좀 보세요."

문지수가 자기 모바일을 마광숙 교수 앞에 내밀었다.

- 여당은 오혜빈 후보의 실종을 공식화하고 대통령 재선거의 절차를 밟는 데 동의하라. 만약 1주일 내에 이를 실천에 옮기지 않으면 여당은 돌이킬 수 없는 파멸에 이를 것이다. 224개 참정치실천모티즌연합회.

"이거 공갈이야. 겁낼 것 없어요. 대통령 당선자가 없어진 마당에 더 큰 파멸이 뭐 있겠어요."

마광숙 교수는 일소에 붙이고 모바일을 꺼버렸다.

"어쨌든, 우리가 무엇인가 조치를 취해야 할 것 같지 않습니까?"

다시 들어온 허연나 사무총장이 무슨 결심이라도 한 듯 단호하게 말했다.

"무슨 조치?"

마광숙 교수는 여전히 태연한 표정이다.

"허 총장님이 인수위원회 위원장으로 내정되어 있었으니까, 대통령직 인수위원회 명의로 발표문을 내는 게 어떻겠습니까?"

문지수가 건의했다.

"나도 그 생각입니다. 오혜빈 당선자의 선거공약을 정리해서 실천에 옮길 것이라는 발표를 하는 것이 좋겠습니다. 그래야 민심을 딴 곳으로 돌릴 수 있을 것 같아요. 공약집을 좀 검토해 보지요."

다음날 허연나 대통령직 인수위원회 위원장 서리가 기자 회견을 열었다.

청와대 출입기자 1백여 명이 모였다. 대부분이 모바일 언론사 소속 기자들이었다.

허연나 위원장 서리의 발표 요지는 대략 다음과 같았다.

- 오혜빈 대통령 당선자가 공약한 사항 중 시급하고 중요하다고 생각되는 내용은 다음과 같다. 이 사항들은 대통령 취임과 동시에 최우선적으로 실천에 옮길 것이다.

첫째, 국회를 폐지한다. 민주주의의 핵심 중의 하나인 대의제도는 보다 효율적인 간편한 직접민주주의로 전진한다. 국민의 모든 의견을 모바일로 수렴하여 국정에 반영한다. 따라서 국회의원 선거의 폐단과 국력낭비, 지역감정 폭발 등을 막는다.

둘째, 화폐제도를 5년 안에 폐지한다. 화폐로 행하던 모든 거래는 모바일로 대체한다. 국제 금융거래는 당분간 외국화폐의 존재를 인정한다. 그러나 모든 무역거래는 전자결제를 원칙으로 한다. 따라서 조폐공사, 각 은행의 지점은 모두 다른 업무로 바뀌어야 할 것이다. 은행의 본점에 모바일 거래 및 계좌본부를 설치하여 전국은 물론 전 세계에서 일어나는 금융거래는 모바일화하는 것을 원칙으로 한다.

셋째, 전 국민의 신상정보를 모바일에 내장한다. 따라서 주민등록증, 여권, 운전면허증, 건강보험카드, 은행계좌, 각종 면허증, 자격증, 가족관계 증명, 보험 등은 전자화하기 때문에 카드나 문서로 발행하지 않는다. 이로써 모든 민원 증명이 필요없게 되며 국민생활의 혁명이 올 것이다.

넷째, 정부 조직법과 공무원 직제를 전면 개혁한다. 정부 부처는 전자 모바일 체제와 국민 편의 위주로 개편한다.

모든 국민생활의 중심이 되는 모바일 업무를 총괄하기 위해 대통령 직속으로 모바일 제어 본부를 설치하고 위원장은 총리급으로 한다.

엔터테인먼트부, 실버복지부, IT산업부, 국민행복-수명관리부 등을 신설한다. 국민 행복지수를 높이기 위해 반려동물을 준가족으로 인정하고 보호하는 반려동물법을 제정한다.

전국의 읍면동 사무실은 폐지한다. 모든 민원은 모바일을 통해 이뤄지기 때문에 국민이 직접 관공서를 방문하는 일은 거의 없어지므로 공무원 정원은 10분의 1로 축소한다.

이상의 공약을 실천하기 위해 대통령 취임 후 한 달 이내에 헌법개정을 위한 국민투표 실행에 착수할 것이다.

허연나의 발표가 끝나자 회견장이 시끄러워졌다.

"이게 무슨 소리야. 정말 이렇게 나라를 엉망으로 만들 셈인가?"

"공약과 다르잖아. 힐링부, 여행관광부는 어디로 갔어?"

"이거 공약에 없던 것도 나왔잖아. 강아지, 고양이를 가족으로 대우한다고? 돌았군 돌았어. 에이 개 같은……"

"그건 잘 하는 짓인데 뭘. 요즘 반려견의 지위가 얼마나 높아졌는데."

그러나 쏟아진 질문은 대개 두 가지로 나눌 수 있었다.

"저는 멘붕연대 SNS 방송국 기자입니다. 이렇게 되면 엄청난 수의 실업자가 생길 것입니다. 공무원이 90 퍼센트 실직하고 금융기관, 정보산업 종사자, 심지어 주민증 인쇄하는 업자, 조폐공사가 모두 할 일 없게 되는 데 이 실업자들은 어떻게 감당할 것입니까?. 나라에 대공황이 일어날 것입니다."

허연나는 빙긋이 미소까지 지으며 대답했다.

"이러한 제도가 실현되면 국고는 수십조 원이 절약될 것입니다. 그뿐 아니라 금융기관 등 이 분야의 지출 경비 절약도 수백조 원에 달할 것입니다. 이 재원으로 실직자를 전원 수용하는 미래산업을 일으키고도 남습니다. 더 살기 좋은 나라가 되는 것은 분명합니다. 오혜빈 당선인의 야심찬 핵심 공약은 탈정치, 국민행복입니다. 행복한 국민은 정치 공해와 그로인한 스트레스의 제거, 분열하는 가족의 고독, 심리적 박탈감에서 벗어나야 합니다. 반려동물의 준가족 인정도 그 중의 하나입니다. 신설되는 국민행복-수명관리부를 주목하세요.”

그때였다. 맨 뒤쪽에 있던 나이 지긋한 여기자가 소리쳤다.

“도대체 오혜빈 후보는 죽었습니까? 살아있습니까?”

악을 쓰는 듯한 소리에 회견장은 쥐죽은 듯 조용해졌다.

국민 노예화 음모

앞으로 일주일. 오혜빈 당선인은 우리가 보호하고 있다. 대한민국 제19대 대통령을 살리고 싶으면 여당(女黨)과 국회는 우리의 요구를 들어주어야 한다. 우리의 요구는 나라를 바른 길로 가게 하고 7천만 민족을 살리는 일이다.

 1. 여당과 국회는 오혜빈 당선인이 내놓은 대선 공약 중 다음 항목을 취소한다는 선포를 해야 한다.

 2, 국회 해산 방침을 철회한다.

 3. 화폐제도는 존속한다.

 4. 모바일 만능정책은 모두 보류한다.

이상의 4개항을 지키기 위해 법적 뒷받침을 1주일 이내에 시행한다. 국회에서는 여당 의원 발의로 위의 4개항을 폐기한다는 법안을 통과시키고 공포한다.

이 공약과 관련된 개헌은 할 수 없다는 법안을 함께 통과시켜서 대못을 박아야 한다.

대통령 없는 나라를 원치 않는다. 우리의 정당한 요구를 들어 주어야 한다. 1주일 내에 우리의 요구를 실현시키지 않으면 오혜빈 당선인은 영원히 돌아가지 못할 것이다.

민주주의수호 결사대.

이상은 거의 모든 모바일의 포탈에 올라온 게시문이다. 정부는 물론 여당과 남당까지 이 괴상한 발표문에 신경을 곤두세웠다.

"도대체 민주주의수호 결사대의 정체가 무엇이에요?"

날마다 열리는 여당의 비상대책회의에서 마광숙 교수가 누구에게도 아닌 질문을 했다.

"의회주의수호연맹과는 다른 것 같은데요."

문지수가 대답했다.

"국회가 없어지니까 놀이터가 없어지게 되는 정치 건달들의 모임 아닐까요?"

허연나 비대위원장 서리가 말했다.

"제 생각에는 저 단체가 당선인을 납치한 단체는 아닐 것입니다. 당선인이 실종된 것을 이용해 자기들 목적을 달성하려는 엉터리 단체일 것입니다."

문지수가 의견을 내놓았다.

"일시에 직장, 아니 놀이터를 잃게 될 정치꾼들이 3백 명이나 되니 뭉쳐서 저항을 할만도 하지요."

"그들이 오혜빈 당선인을 납치해서 인질로 삼고 있다는 말인데, 믿을 수 있을까?"

한편 공대성의 남당에서도 매일 대책회의가 열렸다. 만약 오혜빈 당선인이 취임식 때까지 나타나지 않던가, 사망했을 경우에는 재선거가 실시될 것이기 때문에 대비책을 미리 세워놓아야 한다는 의견이 지배적이었다.

"재선거를 할 경우는 여당의 오혜빈 당선인이 내놓았던 공약을 철저히 검증해서 채택할 것은 채택해야 할 것입니다."

주경진이 공대성 의장을 쳐다보며 말했다. 공대성 의장은 무슨 좋은 일이 있는지 얼굴이 환하게 펴졌다.

"재선거를 위한 대선 캠프를 새로 만들어야겠군. 배덕신 위원장이 좀 안을 만들어 보지."

공대성이 주경진의 제의에 답이라도 하듯 말했다. 주경진은 공대성의 눈동자를 다시 뚫어지게 들여다보았다. 공대성의 마음속에는 뜻밖에도 여자들과 모여 있는 장면이 나타났다.

여자 네 명과 둘러앉아서 무엇인가를 의논하는 것 같았다. 거기에는 뜻밖에도 백상희의 모습이 보였다. 다른 두 여자는 누군지 알 수가 없었다.

 - 백상희와 두 여자, 그리고 공대성.

 주경진은 무슨 논의를 하고 있는지 짐작할 수가 없었다.

 양당이 오혜빈 실종사건에 대한 대책을 한참 논의하고 있는 동안 양천수의 장영실당은 갑자기 기자 회견을 열었다. 모바일 뉴스와 방송사의 기자 1백여 명이 모였다.

 "오늘은 여당 대통령직 인수위원장 허연나 서리의 정책 발표에 대한 우리의 의견을 발표하기 위해 여러분을 모셨습니다."

 회견장에는 뜻밖에도 강로리가 나와서 사회를 보고 있었다.

 "강로리 동성애당 후보는 양천수 후보의 장영실당과 합당한 것입니까?"

 어느 기자가 물었다.

 "합당한 것은 아니지만 여당의 정책을 반대하는 노선은 같습니다. 그럼 양천수 장영실당 당수의 말씀을 듣겠습니다."

 이어 양천수가 단상으로 나와 마이크 앞에 섰다.

 "그저께 당선인의 생사도 모르는 여당 대통령직 인수위원회에서 실행할 대선공약을 발표했습니다. 얼른 듣기에는 아주 진보적이고 미래지향적으로 보이지만, 여기에는 엄청난 음모가 숨어있습니다."

양천수는 약간 상기된 얼굴로 말을 꺼냈다.

"음모라니요?"

맨 앞 자리에 앉아 모바일 카메라를 들이대고 있는 꽁지머리 방용환이 말허리를 잘랐다.

"그렇습니다. 오혜빈의 여당이 전 국민을 함정에 빠뜨리는 음모를 꾸미고 있습니다."

"당선인이 없다고 마구 몰아붙이는 것 아니오?"

다른 기자가 소리쳤다.

"오혜빈 여당의 음모는 모바일 만능이라는 속임수 정책에 있습니다."

양천수는 물을 한 모금 마시고 말을 계속했다.

"국회를 없애고 국민이 모바일을 통해 국정에 직접 참여하는 것은 민주주의 진전된 모습인 직접 민주주의의 실현이 맞습니다. 화폐를 없애고 모든 거래를 모바일로 하자는 제도도 미래 사회를 앞당기는 것은 맞습니다. 그리고 주민등록증을 비롯한 모든 국민의 신상정보를 모바일에 담아서 생활하게 하는 것도 국민의 생활을 엄청나게 편리하도록 하는 제도가 맞습니다. 이것은 제가 주창해 온 공약을 여당에서 훔쳐다가 쓴 것입니다."

"그런데 무슨 음모요? 표절이라면 몰라도."

"공약 절도라고 해야 하나?"

여기저기서 의견이 터져 나왔다.

"그러나 이것은 모든 국민을 노예로 만드는 빅 브라더(big brother) 국가를 만들려는 음모입니다."

양천수가 잠시 말을 끊었다.

"예? 빅 브라더라니요? 조지 오웰의 소설 1984년을 말하는 것입니까?"

꽁지머리 방용환이 다시 물었다.

"그렇습니다. 오혜빈은 우리 독재국가의 극치인 노예제국을 건설하려는 음모를 꾸미고 있습니다."

"하지만 빅 브라더 음모는 10여 년 전 미국에서 실험이 끝난 것 아닙니까?"

"그렇지 않습니다. 미국의 소위 베리칩 사건은 실패했지만 오혜빈의 모바일 만능화 음모는 좀 다릅니다."

박소진 박사가 반론을 내놓았다. 박소진은 양천수와 함께 모바일 연구소를 경영하고 있는 그의 처였다.

미국의 베리칩 사건이란 미국에서 질병치료의 목적으로 사람의 몸에 정보 칩을 삽입하자는 제도였다. 개인의 바이오 정보를 담은 칩을 몸 속에 심어두었다가 그 사람이 사고 등으로 의식불명 상태가 될 때 그 칩을 읽어서 응급치료를 할 수 있게 하자는 것이었다.

 FDA서도 승인한 사업으로 일부에서 시행되기도 했다. 그러나 개인의 신상정보를 칩으로 만들어 몸 속에 삽입한 뒤 그것을 통제 조종하는 일을 획책한다는 반대에 부딪혀 실패한 제도였다.

 사람의 몸 속에서 전파를 발사하기도 하고 수용하기도 하기 때문에 정부로부터 생명 통제가 가능하다는 의견이 나와 맹렬한 반대운동이 일어났던 것이다.

"하지만 오혜빈 여당의 모바일은 칩을 체내에 집어넣는 것은 아니지 않습니까?'

 기자의 질문에 양천수는 빙긋 웃었다.

"그게 그렇지 않습니다."

정보 칩을 사람의 몸속에 주사하라

"생물의 체내에 칩을 넣어서 신분을 표시하는 제도는 5년 전인 2013년부터 반려동물에서 실시하고 있습니다. 반려견 몸속에 쌀알만한 데이터 칩을 피하 주사로 집어넣고 그 반려견이 분실되거나 죽었을 경우 칩을 읽어서 주인을 알아내는 방법이지요. 그러나 이번에 오혜빈 당선인 인수위원회에서 하려는 방법은 단순히 사람의 신원만을 밝히기 위한 것이 아닙니다. 그 사람의 신원만 밝히려면 개개인의 DNA를 등록했다가 문제가 생겼을 경우 대조하면 됩니다. 지금 범죄자의 지문을 관리하는 방법과 같습니다.

그러나 오혜빈 대통령직 인수위가 발표한 것은 이러한 신원을 밝히는 것보다 훨씬 범위를 넘어서는 것입니다. 여당에서 내놓은 공약은 제1단계로 사람의 피하에 칩을 주사하는 것이 아니고 개인의 모바일에 주인의 DNA를 접목하여 모바일과 사람이 동일체로 되게 하는 것입니다.

　제2단계는 쌀알만한 정보 칩을 사람의 피하에 주사하는 것입니다. 이 경우 사람 몸속에 들어간 정보 칩은 외부정보를 수신할 뿐 아니라 스스로 발신도 합니다.

　다음 제3단계에서는 고체 칩이 아닌 액체 칩을 주사하여 혈액 속에 녹아있게 하는 것입니다. 이 액체 칩도 정보를 수신, 발신할 수가 있게 됩니다. 쌀알 칩은 들어내 없앨 수가 있지만 혈액 칩은 한 번 주사하면 분리가 불가능합니다. 이렇게 되면 외부에서 개인을 조종할 수 있게 됩니다."

"와! 정말 놀라운 일이야."

"끔찍한 일이지."

　사방에서 감탄과 비판의 글이 빗발쳤다. 음성으로도 비판이 쏟아졌다.

"하지만 외부조종을 거부할 수 있는 것 아닙니까? 자기 의사에 반하는 행동은 하지 않으면 되는 것이지요."

　박소진 박사가 다시 반론을 내놓았다. 기자 회견장이라는 제한된 공간에서 회견이 열리고 있지만 모바일을 가진 모든 국민이 듣거나 볼 수 있고 자신의 의견을 모바일에 올릴 수 있는 회견이었다.

"그게 그렇게 쉽지 않습니다. 외부에서 조종하는 세력, 예를 들면 정보기관 같은 곳에서 투표할 때 누구를 찍으라고 조종할 수가 있습니다. 반발하면 몸속 칩을 이용해 육체적 괴로움을 주어 시키는 대로 하지 않을 수 없게 만들 수도 있습니다."

"터무니 없는 상상력을 발휘하는군요. 절대로 그런 일은 일어날 수가 없습니다. 무엇보다 사람의 체내에 정보 칩을 삽입하지 않습니다."

회견장을 지켜보고 있던 허연나 여당 비대위원장이 반박 의견을 모바일에 쏘았다.

"제가 입수한 여당(女黨) 정책개발원 기밀문서에 나와 있습니다."

공대성 측의 한 의원이 큰 소리로 말했다. 그의 말은 동시에 음성이 문자로 바뀌어 모든 모바일 포털에 올라왔다.

"우리 여당에는 그런 기밀문서를 작성한 일이 없습니다."

허연나 위원장이 다시 반박했다.

"우리 당의 모바일 정보수집 요원들이 여당의 기밀 저장고를 열었습니다."

"해킹을 했단 말입니까? 그건 불법입니다."

방용환이 소리쳤다,

"국민 모두의 생명이 침해 당하는 일을 탐지하는데 해킹이 문제입니까? 이것은 헌법에 보장된 국민의 권리를 지키기 위한 정당방위입니다."

 남당의 배덕신 총장이 다시 반박했다.

"양천수 장영실당 대표가 말하는 제2안과 제3안은 우리 정책 개발원에서 어느 연구관이 가설로 내놓은 의견입니다. 당의 정책으로 채택된 것은 아닙니다."

마광숙의 핸드폰에서 다시 반박 문자가 발신되었다.

"그러면 그런 안을 여당에서 검토한 것은 사실이군요. 우리는 그 공약에 속아서 오혜빈을 찍은 셈이군요."

"이번 선거는 무효로 해야 합니다. 당선무효 탄핵안을 국회에 내야 합니다."

"재선거를 합시다."

"오혜빈이 살아있다면 이 사태를 책임지고 물러나야 합니다."

"오혜빈, 자진 사퇴하라!"

 남당 쪽에서 분노의 문자가 계속 쏟아졌다.

 주경진은 두 시간 가까이 계속된 양천수의 기자회견을 집에 앉아서 하나도 빼지 않고 귀를 기울여 들었다. 주경진이 워낙 진지하게 핸드폰을 들여다보고 있자 함께 놀자고 조르던 반려견 홈즈도 지쳤는지 곁에서 코를 골며 잠이 들었다.

며칠 전 동물 미용실에서 털을 깎다가 발에 상처가 난 홈즈는 이틀째 밖에 나가지 못하고 왼쪽 앞발에 붕대를 감은 채 좁은 오피스텔을 왔다 갔다 하고 있었다.

주경진은 여당에서 그런 정책을 검토하고 있다는 것을 이미 알고 있었다. 그러나 양천수의 태도는 이해하기 어려웠다. 정보 칩 제도의 시작은 양천수가 반도체 연구소를 차렸을 때부터 그곳에서 나온 이론이었기 때문이다. 연구 과제가 정치 쟁점으로 바뀌자 양천수가 정략상 태도를 바꾼 것 아닌가 하는 생각이 들었다.

오혜빈의 여당에서 생각하고 있는 제1단계의 모바일 혁명은 찬성하는 것 같았으나 제2단계, 제3단계는 반대하는 것 같았다.

주경진이 노트에 양천수 회견의 요지를 정리하고 있을 때 핸드폰이 울렸다. 핸드폰을 열자 문지수의 얼굴이 나타났다. 영상 전화였다.

"지금 여당은 공격 초점이 되어 바쁠 텐데 웬일이냐?"

문지수는 빙긋 웃어 보였다. 그 웃음이 무엇을 말하는지 주경진은 잘 알 수 있었다.

"내가 오빠 오피스텔로 갈게요."

"아냐, 난 난 지금 외삼촌한테 가야 돼."

주경진이 당황해서 둘러댔다.

"그럼 내가 그리 갈테니 같이 가요. 잠깐만 시간 내요. 오빠 10분이면 충분하잖아. 지금 곧 가요."

핸드폰이 끊겼다.

주경진은 하는 수 없어 부스스 일어나 욕실로 들어가 급히 샤워를 하고 속옷을 갈아입고는 당할 각오를 하고 기다렸다.

"홈즈야, 누나 오거든 눈감고 잠깐 있어. 알았지."

사실 주경진은 문지수와 사랑을 나눌 때 멀거니 바라보고 있는 홈즈가 민망스러울 때가 많았다.

10분도 채 걸리지 않는 간단한 의식을 끝낸 뒤 두 사람은 문지수의 차를 타고 추 탐정 사무실로 갔다. 가는 동안 두 사람은 아무 말도 나누지 않았다.

"아저씨 우리 왔어요."

주경진이 먼저 인사를 했다.

언제나 좁게 보이는 추 탐정의 사무실이었다. 추병태 탐정은 뒤꼭지가 쑥 나온 구닥다리 컴퓨터 앞에서 벼룩을 잡고 있다가 두 사람을 반갑게 맞았다.

"믹스 괜찮으냐?"

추 탐정이 하던 일을 멈추고 함박웃음으로 두 사람을 반겼다.

"커피는 제가 탈게요."

문지수가 커피포트의 스위치를 눌렀다.

"아저씨 얼굴을 보니까 뭔가 좀 알아낸 것 같은데요."

주경진이 웃으면서 말했다. 추 탐정은 주름투성이 얼굴에 보기 드문 미소를 띄우고 있었다.

"오혜빈 실종사건은 김 마리위원 실종사건과 관계가 있는 것 같아."

"동일범의 소행이란 증거를 찾았나요?"

문지수가 종이컵에 담긴 커피 석 잔을 들고 오며 물었다.

"범인은 한 사람이 아니고 최소 3명 이상이야. 그리고 여당 내부 아주 깊숙한 곳에 방조자가 있어."

"그건 초동 수사 때부터 알고 있었던 사실 아닌가요."

주경진이 말했다.

"처음엔 추리만한 것이지. 그런데 이번에는 거의 확실한 증거가 나왔거든."

'예? 증거요?'

문지수가 눈을 크게 뜨고 추 탐정의 입을 바라보았다.

뜻밖의 용의자

추 탐정이 증거를 잡았다는 말에 주경진과 문지수는 바짝 신경을 세웠다.

주경진은 독심술을 발휘해서 추 탐정의 마음속을 들여다보려고 애를 썼다. 그러나 쉽지 않았다. 계속해서 눈을 맞추고 포기하지 않았다.

이에 추 탐정은 주경진이 자기 얼굴을 너무 심하게 빤히 쳐다보는 바람에 얼굴에 무엇이 묻지나 않았나 하고 뺨과 입술을 여러 번 쓰다듬어 손으로 훔쳐냈다.

주경진이 추 탐정의 눈을 통해 읽어낸 것은 뜻밖에도 한 여자의 뒷모습이었다. 여자는 호텔 복도 같은 곳을 걸어가고 있었다.

'저 스카프!'

주경진은 그 여자가 두른 아라베스크풍의 피에르 카르뎅 스카프의 독특한 문양이 눈에 들어왔다. 누구인지 짐작이 갔다. 그러나 전혀 뜻밖의 인물이었다.

지난번 청주 호텔에 나타났던 세 여자 중의 한 여자는 아니었다.

다음에 추 탐정의 눈동자에서 주경진이 읽어낸 것은, 그 여자가 이번에는 오혜빈의 자동차 뒤를 흘깃 지나가는 모습이었다.

"여자가 범인인가요?"

주경진이 추 탐정을 쳐다보던 시선을 창밖으로 던지며 황급히 물었다.

"아니, 어떻게 추리해 냈지?"

추 탐정은 약간 놀라는 표정이었다.

"여자라니요?"

문지수가 마시던 종이 커피 잔을 내려놓고 주경진의 얼굴을 쳐다보았다.

"청주 호텔 CCTV에 나온 여자는 아니야."

추 탐정이 천천히 입을 열었다.

"이 여자가 청주 호텔의 11층 계단을 올라가 객실 복도로 지나가는 모습이 담긴 핸드폰의 동영상이 담긴 칩을 새로 찾아 냈지. 그리고 그 여자가 오혜빈이 실종되던 날 자가용 차에 타려는 현장에 있었던 것도 발견했지. 청와대 비밀경호팀의 경호원이 자기 핸드폰으로 찍은 영상이야."

"그 여자가 누군지 아십니까?'

주경진이 약간 흥분한 목소리로 말했다.

"아마 내 생각이 틀림없을 거야."

"그 여자는 여당 비상대책 위원장인 허연나 사무총장입니다. 허연나 총장이 오혜빈 당선인을 납치했단 말입니까?'

주경진은 말도 안 된다는 투로 말했다.

"허연나는 청주 호텔에서 11층에 갔다는 진술을 한 일이 없어. 당시 수사기록을 보면 허연나는 호텔에 들어가서부터 나올 때까지 오 후보의 곁에만 있었지 다른 층에 간 일이 절대로 없다고 했어. 그리고 오혜빈의 빈 차가 서울대학에 왔을 때도 허연나는 자신의 알리바이를 완벽하게 진술하고 있었어. 하지만 오혜빈을 경호하는 청와대 경호팀의 공식 카메라에는 허연나의 흔적이 없었다는 거야. 이것은 허연나가 철저하게 계산한 결과였지."

추 탐정이 깨알처럼 적은 수사 사건 기록 수첩을 들여다보면서 말했다.

"컴퓨터를 쓰면서 아직도 그 수첩을 버리지 않았네요."

주경진이 웃으면서 말했다. 추 탐정이 현역 시절 보물처럼 호주머니에 넣고 다니던 수사수첩이 낡아서 테이프로 표지를 더덕더덕 붙은 것을 쓰던 기억이 났다.

"시간이 날 때 이것을 다시 컴퓨터에 옮겨놓지. 경찰 수사본부에서 요구할 때 이 수첩을 줄 수는 없잖아. 어제는 USB 사용법도 배웠지."

"허연나 총장이 범인일지 모른다는 증거로서는 약하지 않아요?"

문지수가 듣고만 있다가 물었다.

"물론. 아직 허연나가 이 사건에 관련이 있다고는 단정지을 수는 없어. 설사 있다고 하더라도 기자들이 좋아하는 몸체는 아닐 테니까."

추 탐정이 한 발 물러서는 듯한 말을 했다.

"그러나 두 사건의 현장에 있었으면서도 거짓 진술을 한 것은 무엇인가를 숨기고 있는 것이야. 김마리 위원이나 오 당선인이 제거됨으로써 득을 보는 사람이 누구 누구일까?"

추 탐정이 주경진을 처다보았다.

"그야, 정치인들이겠지요. 우선 국회 폐지를 반대하는 세력이나, 남당 쪽이 아닐까요?"

주경진이 되물었다.

"대선에 출마했던 다른 후보들도 재선거를 한다면 출마할 기회가 다시 오는 것 아니겠어요?"

문지수도 한마디 거들었다.

"남당 후보나 현직 국회의원들이 모두 오 후보가 제거되기를 바라겠지요. 그러나 김 마리 위원을 제거한 것은 무슨 이유에서 일까요?"

주경진이 다시 물었다.

"김마리도 없어지고, 오 당선인도 없어진다면 가장 득을 보는 사람은 누구일까?"

추 탐정이 미소를 띠고 다시 물었다.

"그거야 설마 허연나 총장이?"

문지수가 고개를 갸웃했다.

"여당의 제1인자는 오혜빈 당선인, 제2인자는 누가 뭐래도 김 마리 위원이 아니겠어? 이 두 사람이 없어진다면 다음 제1인자는?"

"당연히 허 총장이지요."

문지수가 자신있게 답했다.

"그러면 재선거가 실시된다면 여당에서는 누가 대통령 후보로 나올 것 같은가?"

추 탐정이 다시 빙그레 웃었다.

"설마 허연나 총장이?"

문지수가 놀라며 입을 딱 벌렸다.

"허연나 혼자서는 절대로 할 수 없는 일이야. 배후에 조직이 있을 수도 있어."

"시민단체나 정치인들을 업고 하는 일일 수도 있겠군요."

주경진이 말했다.

"경찰 수사본부에서도 이 방향으로 수사를 하고 있나요?"

문지수가 물었다.

"대수롭지 않게 생각하고 있어. 수사본부에서는 시민단체 중 정치색이 짙은 의회주의수호연맹 같은 것을 주목하고 있어. 그러나 아직 그 실체를 전혀 파악하지 못하고 있거든."

"만약 허 총장이 관련이 있다면 청주 호텔의 세 여인과도 관련이 있을까요?"

주경진이 추 탐정을 쳐다보았다.

"아직은 호텔 로비의 여자들 중 한 사람의 신원은 밝혀졌어. 다른 두 명의 정체는 파악하지 못했어. 그러나 틀림없이 관련이 있을 거야."

추 탐정이 수첩을 뒤적였다.

"음. 여기 있구먼. 세 여자 중에 백상희라는 여자는 신원이 알려졌어. 수사본부에서 파악했는데 아직 불러서 심문은 하지 않은 것 같아. 그런데 다른 한 사람은 뜻밖에도 박소진이야."

"예? 박소진? 양천수의 아내입니다. 대선 홍보회사의 공동 대표이지요. 오혜빈이나 공대성 양쪽을 모두 알고 있는 여자입니다."

"흠, 점점 사건이 재미있어가는군. 백성희는 누구야?"

"백상희는 내가 아는 여자예요. 과거에 정치인들과 조금 관련이 있었는데, 지금은 전혀 관심이 없는 것 같아요."

"그럼 거기는 왜 나타났을까?"

추 탐정이 주경진에게 물었다.

"그쪽이 아마 고향일 것입니다. 백상희는 여당이나 오혜빈 후보와는 전혀 모르는 사이입니다."

"하지만 박소진과 관련이 있을 수도 있지. 만약 그 여자가 박소진이 틀림없다면 양천수가 모를 리가 없지 않은가. 이거 정치판 전체로 사건이 번지겠는데."

주경진의 대답을 들으며 추 탐정이 회심의 미소를 띠었다.

"내가 만나서 한 번 물어보아야겠습니다."

추 탐정의 말을 들으며 주경진은 자기가 먼저 만나야겠다고는 생각을 했다.

이튿날 주경진은 핸드폰으로 백상희와 통화했다. 그리고 정오에 태평로 프레스 센터 커피숍에서 그녀를 만났다. 검정색 정장에 하얀 목도리가 잘 어울리는 차림이었다.

"오늘은 재벌가의 따님처럼 보입니다."

주경진이 먼저 나와 있는 백상희의 테이블 맞은편 자리에 앉으며 말을 걸었다.

가장 득보는 자가 범인이다

"지금쯤은 총리를 비롯한 장관 후보들의 조각이 끝나고 청와대 비서진의 선발도 끝나야 할 시점이 아닌가요? 그런데 당선인의 소식이 깜깜이니 이를 어떻게 하죠?"

백상희가 입가에 야릇한 웃음을 흘리며 주경진을 바라보았다. 입가의 웃음이 어떻게 보면 비웃는 것 같기도 하고 위로를 하는 것 같기도 한 묘한 표정이었다.

"후보자 지명을 일찍해 놓으면 청문회나 언론이 흠집낼 시간이 더 많아 어렵게 될 것 아닙니까? 딱 하루만 여유를 주고 흠집 내려면 내보라고 하는 것도 전략 중의 하나일 것입니다."

주경진이 못마땅한 얼굴로 말했다.

"정상적으로 일이 진행되었다면 주경진 씨도 한 자리 맡았을 것 아닌가요?"

"저는 반대당인 남당 소속입니다. 오혜빈 당선인이 왜 적진의 졸개를 기용하겠습니까?"

"주경진 씨가 절대로 끊을 수 없는 단단한 줄이 있다는 것을 나는 알지요."

"예? 제가 오혜빈에게 단단한 줄이 있다고요?"

"물론. 오 당선인의 최측근이 연인 아닌가요?"

백상희는 여전히 비웃는 것 같기도 하고 질투하는 것 같기도 한 묘한 웃음을 흘리고 있었다.

"예?"

주경진은 문지수를 지칭한다는 것을 직감하고 기분이 별로 좋지 않았다.

"문지수 씨를 염두에 두고 하신 말씀 같은데 제가 그쪽의 문지수와 사귀는 것은 사실입니다. 그러나 우리 사이는 공사가 엄격하지요."

"한 침대 위에서 자는 사람 끼리 공사가 어디 있어요? 그건 그렇고. 공대성 후보가 당선되었더라면 틀림없이 더 막강한 자리 하나 차지했을 텐데."

"한 자리라고요? 그래 제가 무슨 자리를 차지했을 것 같아요? 청와대 스피치 라이터? 아님 홍보수석?"

"아뇨."

백상희가 고개를 가로 저었다.

"아니라면 제가 뭐 장관 자리라도 할 채비가 되나요?"

"국가정보원 차장."

백상희가 이번에는 웃지도 않고 말했다.

"예? 국가정보원이라고요? 내가 무슨 정보기술이나 있는 것처럼 말하네요."

"나를 오늘 여기에 불러낸 것도 뛰어난 경진 씨의 정보수집 능력과 분석, 추리의 결과가 아닌가요?"

백상희가 또다시 빙그레 미소 지었다.

"무엇 때문에 나를 여기로 불러냈는지 모르지만, 우선 차나 한 잔하고 이야기 하죠."

백상희가 이번에는 약간 긴장한 얼굴로 변하면서 물었다.

"저는 아메리칸요."

백상희는 아메리칸 커피와 까페라떼를 시켰다.

"좀 궁금한 게 있어서요."

주경진도 약간 긴장한 얼굴로 백상희의 눈동자를 살며시 들여다보았다.

백상희는 뜻밖에도 국회 청문회 발언대에 서 있는 자신의 모습을 상상하고 있었다. 그것은 정부의 요직을 맡았을 때 청문회에 나서서 검증을 받는 모습과 비슷했다. 아니면 중요 국사의 증인으로 국회 증언대에 선 모습이라고도 할 수 있었다.

주경진은 백상희가 이 자리에서 왜 그런 상상을 하고 있는지 통 짐작이 가지 않았다.

"김마리 위원이 피살되던 날 청주 호텔 커피숍에는 무슨 일로 갔었나요?"

주경진은 약간 뜸을 들이다가 직선적으로 물었다.

"왜요?"

백상희는 마치 그 질문이 나올 줄 알았다는 표정으로 되물었다. 주경진이 아무 말도 하지 않고 그녀의 얼굴만 쳐다보자, 백상희는 한참만에 다시 입을 열었다.

"내가 김마리 위원을 살해했을까 봐 묻는 거예요?"

백상희는 다시 애매한 미소를 띠며 입을 열었다.

"그런 건 아니지만."

주경진은 속마음을 들킨 것 같아 얼굴이 약간 붉어졌다.

"고향 갔다가 돌아오는 길에 친구가 머물고 있다기에 잠깐 들려서 차 한 잔 마시고 왔어요. 아니 간단한 식사라도 했나? 거기서 샌드위치를 먹었던 것 같네요. 우리는 오혜빈 후보나 김마리 위원이 거기 있는 줄은 몰랐어요. 약 한 시간 정도 머물다가 서울로 돌아왔지요."

"같이 있던 친구 분은 누구였나요?"

"이봐요. 주경진 씨, 지금 심문하는 건가요?"

백상희가 갑자기 정색을 했다.

"아니, 그게 아니고 수사본부의 자료 중에, 아니 CCTV에 찍힌 사람 중에 아는 얼굴이 나와서 혹시 좋은 정보가 있나 해서 물어본 것입니다."

주경진은 약간 당황해서 말을 더듬기까지 했다.

"내 얼굴이 나와서 아는 사람이라서 반가웠나요? 주경진 씨가 탐정놀음이라도 하고 있단 말인가요?"

백상희는 주경진을 더욱 당혹스럽게 만들었다.

"내가 무슨 이유로 김마리 위원을 해치겠어요? 살인사건에는 반드시 납득할 만한 동기가 있는 것 아닌가요? 예를 들면 내가 김마리 위원의 남편과 정을 통했다던가."

"김마리 여사는 노처녀인데 남편은 무슨……"

주경진이 혼잣말처럼 중얼거렸다.

"수사의 기본에는 그 사람을 없앴을 때 누가 가장 득을 보느냐 하는 것이 범인을 찾는 기본이 아닌가요? 주경진 씨 추리소설 좋아하잖아요. 외삼촌도 유명한 수사반장이고."

"그러면 김마리 위원이 없어져서 가장 득을 보는 사람이 누구일까요?"

주경진이 분위기를 바꾸려고 얼른 대꾸를 했다.

"김마리 여사가 없어지면 보궐선거를 하겠지요? 그걸 노리는 사람일 수도 있고."

백상희의 말에 주경진이 고개를 저었다.

"김마리 위원은 비례대표 의원이라 지역구가 없습니다."

"그럼 비례대표 후보 중 다음 순번 후보자가 득을 보겠군요."

"그렇긴 하지만 국회가 곧 없어질 텐데."

"그건 오혜빈 후보가 당선되었을 때 이야기지요. 그때는 누가 당선될지 모르는 시점인데, 그렇게 볼 수는 없지요."

백상희의 말이 맞는 것 같아 주경진이 고개를 끄덕였다.

"김마리 위원과 오혜빈 후보가 실종된 것은 관련이 있을 것입니다. 두 사람이 없어져야 할 타당성이 어딘가에 있을 것입니다."

"김마리 위원을 해치겠다고 여러 차례 협박을 한 사람은 드라곤 아이라는 가명을 쓰는 자들입니다."

주경진이 백상희에게 일깨워주었다.

"드라곤 아이를 자처하는 사람이 누구인지 정체도 모르잖아요. 그 사람이나 그 단체가 가장 득을 보는 사람일 수도 있어요. 다시 정리하면 드라곤 아이가 오혜빈 당선인을 납치했을 수도 있다는 말입니다. 그리고 드라곤 아이는 개인적인 원한관계에 있는 사람일 수도 있고, 정치적 이득을 취하려는 정적일 수도 있어요."

주경진은 백상희의 의견이 맞을 지도 모른다는 생각이 들었다. 한편으로는 의회주의수호연맹이나 국회의원을 꿈꾸는 정치 지망생의 집단일 수도 있다는 생각도 떨쳐버릴 수 없었다.

그뿐 아니라 내부에서 두 사람이 없어져서 득을 볼 사람이 드라곤 아이일 수도 있다는 생각이 더 집요했다.

- 그렇다면 허나연이 드라곤 아이?

주경진은 갑자기 정신이 번쩍 들었다.

"한 가지만 대답해 주세요. 박소진 씨를 아시나요?"

주경진의 돌발적인 질문에 백상희는 그냥 웃었다.

"양천수의 처 말이죠. 잘 몰라요."

주경진은 그 대답에 더욱 머리가 혼란스러웠다.

정적 남당 중진을 총리로 지명

주경진은 허연나의 과거 행적을 곰곰히 생각해 보았다.

그러고 보니 의심을 살만한 일이 더러 있었다. 자유연애주
의자, 아니 이는 좋게 한 말이고 프리섹스를 숭상한다고 공
공연하게 말하면서도 국회 윤리위원이 되어야 한다고 우겨
오혜빈의 승락을 받은 일이 있었다. 정치 철학이 오혜빈과
상반되는 점이 너무도 많았으나 용하게 오혜빈을 설득해서
자리를 유지하고 있었던 것이다.

당내의 서열로 보면 오혜빈 다음 김마리 위원이 단연 두 번
째이고, 마광숙 교수가 세 번째, 그 외에 최고위원이 두 사람

이나 더 있어서 서열 여섯 번째의 허연나였다.

그러나 김마리 위원이 죽자 갑자기 서열이 뛰어올라 제2인자가 되었다. 이어서 비상대책위원장이 되고 대통령직 인수위원회 위원장까지 되었다. 그러면서도 강로리나 양천수와도 개인적인 유대관계를 계속하고 있었다.

"허연나가 수상하다고요?"

오랜만에 토속 삼계탕 집에서 점심을 함께 하던 문지수가 주경진의 이야기를 듣고 물었다.

"김마리 위원을 죽음으로 몰기 직전 수차례에 걸쳐 협박 문자를 보내온 드라곤 아이의 정체가 허연나일 수도 있다는 생각이 자꾸 들어."

"김마리 위원의 죽음과 오혜빈 당선인의 실종이 연관이 있고, 이 두 사건의 배후에는 허연나가 있을 것이라는 추리가 가능하긴 해요."

문지수가 고개를 끄덕였다.

"그렇지?"

주경진이 젓가락을 놓으며 힘을 주고 말했다.

"두 사람이 없어짐으로써 허연나가 제1인자가 된 것 아니냔 말이야. 더구나 외삼촌, 아니 추 탐정이 두 사건과 연관된 증거를 잡았다고 하잖아."

주경진은 살인과 납치의 배후 인물이 허연나라는 것을 확신

하는 듯했다.

"오혜빈 당선인이 취임식 날까지 나타나지 않는다면 재선거를 하게 될 것이고, 그렇게 되면 여당에서는 가장 강력한 후보가 허연나가 비대위원장이 되지 않겠어? 사태가 이렇게 진전된다면 허연나로서는 해 볼만한 도박이 아니겠느냐 말이야?"

주경진이 다시 문지수의 동의를 구했다.

"하지만 남당에서는 공대성이 다시 나올 텐데 만만치는 않을 걸요."

문지수는 삼계탕의 국물만 먹고 숟가락을 놓았다.

"정문오 부위원장이 도전할지도 모르지요."

"어쨌든 죽고 납치까지 당하는 사건이 일어난 여당의 후보라면 동정을 사서라도 이길 가능성이 많아."

"허연나가 저지른 일이라면 혼자는 아닐 것이고 배후 세력이 있지 않을까요?"

문지수가 주경진의 얼굴을 막연히 바라보았다.

"드라곤 아이를 자처하는 단체가 있을 수 있지. 어쩌면 강로리의 동상애당과 손을 잡았을 지도 모르지."

"남자들이 뒤에 있을 거예요. 김마리 위원을 죽인 방법을 보면 여자의 짓이라고 보기는 어렵거든요."

그 때 문지수의 핸드폰에서 짧은 신호음이 울렸다. 그녀가

핸드폰을 열었다,

한참 화면을 들여다보던 문지수가 고개를 갸웃했다.

"무슨 일이야?"

"이상한 정보가 떴어요. 허연나가 갑자기 오혜빈 후보에 관한 긴급 기자회견을 한다는군요. 2분 뒤라는데요."

모든 뉴스가 핸드폰을 통해 제일 먼저 뜨기 때문에 기자회견을 한다고 기자들을 모으고 시간과 장소를 정하고 하는 번거로운 일이 필요 없었다. 1, 2분 전이라도 기자 회견을 한다는 문자만 띄우면 모든 국민이 핸드폰을 열고 회견 내용을 리얼 타임으로 보고 듣고 할 수 있었다.

"무슨 일이냐고?"

주경진이 궁금해서 더 참지 못하고 핸드폰을 꺼내 들여다보면서 문지수에게 물었다.

"아무래도 오혜빈 후보가 돌아오지 못할 것이라는 내용을 발표하지 않을까 싶어요?"

문지수가 갑자기 어두운 표정이 되었다.

"그렇게 된다면 허연나의 끝내기 작전이 제대로 되어간다는 뜻이지."

두 사람이 먹던 숟가락을 놓고 동시에 핸드폰을 뚫어지게 지켜보았다.

곧 이어 화면에 허연나가 나타났다. 배경에 축하 난화분이 있는 것으로 보아 여당의 비대위원장 사무실 같았다.

"오늘 갑자기 회견을, 아니 회견이 아니라 발표를 하게 된 것은 우리 여당의 대통령 당선인의 소식을 전하기 위한 것입니다."

"돌아가셨나요?"

허연나의 말이 채 끝나기도 전에 여러 기자가 질문 문자를 띄웠다.

"우리 여당의 대한민국 제19대 대통령 당선인 오혜빈 님께서 저한테 연락이 왔습니다."

허연나의 약간 흥분한 목소리가 전국의 거의 모든 핸드폰에서 흘러나왔다.

"예?"

"와!"

"오 당선인이 살아있단 말입니까?"

탄성과 질문이 전국에서 한꺼번에 쏟아졌다.

"그렇습니다. 10분 전에 저의 핸드폰으로 문자가 왔습니다. 오혜빈 당선인께서는 취임식날 정시에 현장에 나올 것이라고 전해 왔습니다."

"지금 어디 있다는 것입니까?"

"그거 가짜 아니예요?"

"문자 원문을 핸드폰에 올리세요."

전국에서 다시 질문이 쏟아졌다.

"오 당선인이 지금 어디에 어떤 상태로 있는지는 알 수가 없습니다. 다만 저에게 문자로 지시를 해왔습니다. 여러분의 요청대로 오혜빈 당선자가 저에게 보낸 문안을 원문 그대로 올리겠습니다.

이어 핸드폰에 문자가 떴다.

- 허연나 인수위원장.

나는 오혜빈 당선인입니다. 사정이 있어서 지금은 인수위나 당사에 나갈 수가 없습니다. 그 동안 개인적인 사정이 있어서 연락을 끊고 있었는데 다행히 개인적인 문제가 거의 해결되어 16일 후에 국회 광장에서 있을 취임식에는 꼭 참석할 것입니다.

허 위원장.

우선 급히 발표할 일이 있는데 꼭 다음의 내용을 이행하시기 바랍니다.

1. 국무총리 후보로 남당의 정문오 위원을 지명합니다. 아마 본인이 거절하지 않을 것입니다.

2. 부총리 겸 모바일 제어본부 장관으로 양천수 박사를 발표하세요. 이 분도 거절하지는 않을 것입니다.

오혜빈의 문자가 발표되자 핸드폰은 더욱 시끄러워졌다.

"핸드폰 발신자가 오혜빈이 맞습니까?"

이 질문이 가장 많았다.

"오 당선인의 비밀 핸드폰에서 발신된 것이 틀림없습니다."

"정문오 위원은 정적인 야당, 남당 소속인데 정말 동의를 할 것인가요?"

"대선에서 맞붙은 양천수 박사도 동의할 것이 맞습니까?"

수없이 쏟아진 질문의 요지는 대개 위와 같은 것이었다.

허연나의 모바일 회견으로 놀란 사람은 거론된 당사자만이 아니었다. 여당의 간부들도 놀랐다. 허연나 비대위원장이 사전에 당 간부들과 전혀 의논을 하지 않고 독단으로 발표했기 때문이었다. 남당의 공대성, 정문오 등 간부들도 놀라기는 마찬가지였다.

그러나 정문오 위원은 이상하게도 침묵을 지키고 있었다. 침묵을 지키기는 양천수 박사도 마찬가지였다.

회견 내용을 보면서 누구보다 혼란스러운 사람은 주경진과 문지수였다.

-그러면 허연나가 범인이 아니란 말인가? 만약 주모자라면 또 무슨 술수를 쓰고 있는 것일까?

보이지 않는 사람들

 야당 제2인자를 총리로 지명한 허연나의 발표는 남당을 충격에 휩싸이게 했다.

"도대체 이게 말이 되는 소리입니까?"

 공대성 최고위원이 남당 간부회의를 소집하고 자리에 앉자마자 화를 벌컥냈다. 그는 하도 화를 잘 내어서 여러 가지 별명 중에 '혈죽 대표'란 별명도 있었다.

 혈죽, 즉 핏대(血竹)라는 말이었다.

"정문오 위원 어디 말씀 좀 해보세요. 이러고도 모른다고 시침미를 뗄 겁니까? 부랄 찬 사나이가 계집들 틈에서 무슨 놀음을 한 것입니까?"

공대성의 말은 점점 거칠어지고 목소리도 높아졌다.

"말씀이 지나치십니다. 단어를 골라서 쓰세요."

정문오 위원은 태연한 표정으로 조용하게 말했다. 평소 같으면 책상을 치면서 불같이 화를 낼 일이지만 뜻밖의 태도였다.

"내 말이 틀렸소? 적이 한 자리 주겠다니까 기다렸다는 듯이 넙죽 받는 게 대장부의 태도입니까?"

공대성은 정문오를 쳐다보지도 않고 천장을 올려다보며 혼자 떠들었다.

"누가 넙죽 받는다고 했습니까?"

"그럼 받지 않겠다는 말입니까? 아이구 세상에 별 기특한 일도 다 보겠네."

공대성은 일단 말을 끊었다가 다시 불같이 내뱉었다.

"기자들이 벌떼처럼 달려들어 소감을 물으니까 입을 딱 다물더군요. 뭡니까? 속으로 호박씨 까는 건가요? 노코멘트가 긍정인 것처럼 침묵은 승낙입니다."

"왜들 이러십니까? 우리가 이렇게 분열하도록 하기 위한 여당의 술수라는 것을 모르십니까? 오혜빈 당선인이 죽었는지 살았는지도 모르는데 무슨 지명을 한단 말입니까? 공연히 흥분하시지 말고 차분히 생각해 봅시다."

보다 못해 배덕신 사무총장이 나섰다.

"오혜빈 후보는 진짜로 살아있단 말이오?"

공대성 의장이 주경진을 돌아보며 물었다.

"허연나 비대위원장이 전혀 근거 없는 발표를 하지는 않았을 것입니다."

"그 여자 믿을 수 없어요. 어제 모바일 UCC에 나돌던 동영상을 못 보았습니까?"

배덕신 총장이 손을 저으며 입을 열었다. 말보다 손짓이 먼저 나가는 버릇이 나온 것이다.

"무슨 동영상?"

정문오 위원이 목을 쭉 뽑으며 물었다.

"허연나와 강로리가 흐흐흐".

"뭐야?"

공대성이 몹시 궁금한 모양이었다.

"두 여자가 노천 온천에서 끌어안고 ㅋㅋㅋ."

배덕신은 웃느라고 말을 제대로 잇지 못했다.

"어느 온천이야?"

공대성이 다시 물었다. 공대성은 물으면서 핸드폰을 꺼내 열심히 눌렀다. UCC 동영상을 찾는 것이었다.

"의장님, 소용 없습니다. 벌써 지웠어요. 강로리가 허위 사실을 유포했다고 동영상 올린 사람을 명예훼손으로 고소했

답니다. 하지만, 누가 조작했는지 아주 실감나게 만든 야동이었어요.”

배덕신은 연신 히죽히죽 웃으면서 말했다.

“오혜빈 당선인이 어떤 상태에 있는지는 아무도 모릅니다. 수사본부서도 전혀 단서를 잡지 못하고 있는 것 같습니다. 다만 사립탐정 한 사람이 상당한 증거를 수집해서 분석하고 있습니다.”

주경진이 차분한 목소리로 말했다.

“사립 탐정? 주 실장 외삼촌 말이오?”

“예.”

“그런 구닥다리, 아니 실례. 추 탐정이 무슨 손발이 있어서 증거 수집을 합니까?”

공대성이 어이없다는 표정을 지었다. 그때, 주경진은 공대성 의장의 눈동자를 깊숙하게 들여다보았다. 그야말로 일순간에 마음속을 깊이 읽을 수 있었다.

- 아니, 저런 생각을 하면서 화를 내?

주경진이야말로 어이가 없어 웃음이 나왔다.

공대성 의장은 자신이 왕이 된 것 같은 생각을 하고 있었다. 더구나 좌우 양쪽에 반라 차림의 두 여인이 앉아 있었다. 자세히 보니 조연하와 김하진이었다. 두 여자 모두 숨겨둔 애인이었다.

공대성이 양팔에 애인을 안고 흐뭇한 표정을 짓고 있으면서 겉으로는 정문오를 향해 불같은 화를 내고 있는 모습이 주경진은 너무나 어이없었다.

주경진은 싸움질만 하는 회의가 끝나자 곧 밖으로 나와 문지수를 불러냈다.

"오빠가 나를 다 찾을 때도 있네. 무슨 일이에요."

"어떻게 된 거야? 허연나 총장은 모든 것을 알고 있다는 거야?"

"말할 수 없는데요."

문지수가 생글생글 웃으면서 말했다. 주경진은 그녀의 도톰한 입술과 길고 가느다란 목이 귀엽게 보였다.

"말할 수 없다고?"

문지수는 주경진의 말에 대꾸도 않고 주경진에게 슬그머니 팔짱을 꼈다.

"그냥은 안 되고, 조용한 곳에 가서 이야기하죠."

"조용한 곳?"

"응. 홈즈나 보러갈까?"

주경진은 하는 수 없이 문지수에게 끌려 홈즈가 혼자서 지키고 있는 좁은 오피스텔로 갔다. 그리고 홈즈가 고개를 갸웃거리며 보고 있는 앞에서 서로 딴 생각을 하면서 사랑을 나누었다.

주경진과 문지수가 사무실에 도착하자, 추 탐정은 낮잠을 자고 있다가 부스스 일어났다.

"너희들 왔냐? 남당 사무실에는 아무 일 없냐?"

추 탐정이 흩어진 머리카락을 쓸어올리며 물었다. 반 대머리가 되어 머리 숱이 몇 올 남지 않았다.

"난리 났겠지요. 적군을 데려다 장수로 삼자는데 조용할이가 있나요?"

문지수가 익숙한 솜씨로 믹스 커피를 두 잔 타면서 말했다.

"별일은 없었어요. 공대성 의장이 화를 벌컥 냈지만 정문오 위원은 눈 하나 깜짝 하지 않던 걸요. 아무래도 정문오가 허연나와 모종의 관련이 있는 것 아닌가 하는 생각이 자꾸 들거든."

"허연나한테서 뭐 얻은 정보 좀 없어?"

주경진이 끊질기게 물었다. 만나자마자 몇 번이나 물어본 말이었다.

"허총장이 오 당선인 모바일에 지뭇미라도 날린줄 아세요?"

그러나 문지수는 신통한 대답을 하지 않았다.

"오혜빈 당선인이 진짜로 허 총장한테 연락을 했다면 흔적이 남아 있어야 합니다. 그런데 수사당국에서 허연나의 통신선을 샅샅이 뒤져보았는데 전혀 의심할 만한 흔적이 없단 말입니다."

추 탐정은 주경진의 말을 조용히 듣고 있었다.

"그러면 허연나 비대위원장이 만들어서 발표했단 말인가요? 그렇게 해서 허연나에게 돌아올 것이 뭔데요?"

문지수가 의문을 제기했다.

"오혜빈 당선인이 살아있지 않다면 허총장은 줄 끊어진 전구가 되는 것이지. 아직 자기 힘으로 정상에 오를 힘은 없을 것이고 허연나가 핸드폰으로 연락을 받았다고 하는 것은 사실과 다를지도 몰라."

추 탐정은 문지수가 타준 커피를 뜨겁지도 않은데 후후 불어가며 마셨다.

"사실과 다르다니요?"

주경진이 눈을 반짝였다.

"직접 만났을 수도 있지."

"예?"

주경진과 문지수의 눈이 더 동그랗게 되었다.

여당의 잠자리 거부 성명

"허연나 총장이 오혜빈 당선인을 직접 만나 지시를 받았다면, 오혜빈 당선인은 왜 숨어 있는 것입니까?"

주경진이 추 탐정의 진의를 알려고 눈동자를 들여다보았다. 그러나 추 탐정의 뇌 속에는 아직까지 시집 안 간 노처녀 외동딸 나미의 우는 모습만 보였다. 나이가 마흔은 넘었을 나미가 왜 울고 있을까?

"나미한테 무슨 일이 있습니까?"

주경진의 다급한 질문에 추 탐정은 깜짝 놀랐다.

"어떻게 알았어?"

"그 얄량한 미완성 독심술 또 발휘한 것이지요."

문지수가 웃으면서 주경진을 쳐다보았다.

"독심술? 심술치고는 어설픈 심술이군. 실은 뒤팽이 어제 죽었다네."

추 탐정이 갑자기 쓸쓸한 표정으로 말했다.

"뒤팽이 죽었다구요? 뒤팽이야 1840년대 에드거 앨런 포우가 만든 프랑스 청년 탐정인데 이제 죽다니, 무슨 말씀인지."

문지수가 영문을 모르겠다는 표정을 지었다.

"나미가 아끼던 반려견이야. 강아지 홈즈를 낳아준 엄마 시추종인데, 나이가 열다섯은 됐을 걸."

주경진이 설명을 해주었다.

"폐암에 걸려 동물병원에 한 달 동안 입원해 있다가 그제 밤에 죽었다는 통보를 받고 이틀째 식음을 전폐하고 울고만 있어."

"노처녀의 유일한 친구였는데 잘 위로 좀 해주셔야겠습니다."

주경진의 말에 추 탐정의 눈이 물기에 젖었다.

한참만에 주경진이 분위기를 바꿀 양으로 말을 꺼냈다.

"허연나 총장과 오혜빈 후보가 서로 짜고 하는 짓이 아닐까요?"

"말도 안 돼요. 무엇 때문에 그런 짓을 합니까?"

문지수가 반박했다.

"극적 효과를 노리기 위해 온 세상의 관심을 집중시킨 뒤에 취임식 날 짠하고 나타날 수도 있지."

"지금 연속극 쓰는 거예요? 짠은 무슨 짠!"

"허연나가 납치극 주모자일 수도 있지. 주모자가 아니면 최소한 관련자일 수는 있어. 김마리 사건 현장에 나타났고, 오혜빈 당선인 실종 현장에도 있었다는 것, 그리고 그 사실을 숨겼다는 것이 수상하단 말이야."

"일부러 숨긴 것은 아니지 않습니까? 수사기관이 몰랐을 뿐이지요."

주경진이 추 탐정의 말에 다른 의견을 내놓았다.

"허연나 총장이 오혜빈에게서 받았다는 총리 지명 같은 지시 사항의 경로를 설명하지 않고 있는 건 무슨 속셈일까?"

추 탐정이 주경진을 쳐다보았다.

"그것은 수사본부에서 밝혀 내야 할 사건입니다. 아마도 허 총장이 꾸며낸 일일지도 모릅니다."

"허 총장이 꾸며낸 일이라면 왜 그런 짓을 했을까?"

추 탐정이 고개를 흔들며 말했다.

"죽이려는 것이지요."

문지수가 불쑥 말했다.

"죽이다니?"

"정치적으로 매장하자는 뜻이지요. 정적을 최측근인 양 총리로 지명해서 정문오 위원의 정치적 생명을 끊으려는 것일 수도 있지요. 제 생각에는……"

주경진이 침을 한 번 삼키고 나서 말을 이었다.

"오혜빈 후보가 끝내 나타나지 않을 경우, 재선거가 실시될 것 아닙니까? 그러면 여당에서는 허연나가 가장 유력한 대통령 출마자가 되고 남당에서는 공대성이 재 출마하겠지만. 하지만 공대성은 패장이기 때문에 다시 후보가 되기는 어려울 것입니다. 그렇다면 정문오가 후보로 나올 것은 명확하지 않습니까? 그러니까 정문오를 미리 흠집을 내놓는다면 허연나는 아주 편하게 이길 수 있지요. 적장인 오혜빈 후보와 내통하고 있는 정문오를 정치적으로 죽이려는 묘수가 될 수도 있지요."

그 때였다. 문지수의 핸드폰에 문자가 떴다. 핸드폰을 들여다보던 그녀가 약간 긴장했다.

"수사본부에서 허연나 총장을 소환했는데요."

"음, 이제야 수사가 제대로 이루어질 것 같군."

추 탐정이 고개를 끄덕였다.

수사본부에서 여섯 시간 동안 심문을 받은 허연나 총장이 수사본부 문을 나서자 모여든 모바일 기자 수백 명이 질문 공세를 퍼부었다.

"무슨 진술을 했습니까?"

"오혜빈 당선인에 관한 수사를 받은 것입니까?"

"오혜빈 당선인은 살아있다는 것이 맞습니까?"

수많은 질문이 쏟아졌다. 그러나 허연나 총장은 딱 한마디만 하고 차에 올랐다.

"수사본부에 물어보세요."

허연나는 당사무실로 돌아오자마자 수사본부에 갔다 온 것에 대한 언급은 전혀 하지 않고 다시 놀랄 만한 발표를 했다.

"오혜빈 당선인은 대선 공약의 가장 중요한 대목인 정치개혁에 대해 지시를 했습니다. 국회를 폐쇄하기 위한 절차를 밟으라는 지시였습니다. 따라서 헌법 개정을 위한 국민투표 절차에 들어갈 것입니다. 늦어도 2018년 6월 이전에는 국민투표로 국회를 폐쇄하고 직접 민주주의가 이 땅에서 실현되도록 절차를 밟겠습니다."

발표가 나가자 전국이 벌집 쑤신 듯 들끓기 시작했다. 남당을 비롯한 군소 정당들이 격렬한 성명을 내고 군중집회를 열기 시작했다.

"민주주의를 말살하려는 여당을 절대로 용서해서는 안 됩니다!"

"오혜빈을 탄핵하라!"

많은 시민단체들도 격렬한 성명을 내놓았다. 연이어 촛불 집회도 열렸다. 그와 반대로 국회를 없애자는 목소리도 만만치 않았다.

"싸움터가 된 국회를 유치원생 놀이터로 만들자!"

"국회의원이 낭비하는 비용으로 오락 영화를 만들자."

"국회 예산으로 전국에 국립 노래방을 만들자."

대부분의 시민단체들이 국회 폐지를 찬성하고 나섰다. 연일 시민단체 집회가 전국 곳곳에서 열렸다.

허연나의 발표가 있은 지 사흘만에 국회폐지 국민투표를 둘러싼 찬반집회는 마침내 충돌을 일으켰다.

광화문, 서울 시청 광장, 여의도 광장에서는 격렬한 충돌이 밤낮을 가리지 않았다. 경찰력을 어마어마하게 동원했지만 충돌을 막기는 어려웠다.

시위 나흘 째 되던 날 여당의 젊은 당원들이 희한한 제안을 했다.

"국민 투표 절차가 시작될 때까지 우리 대한민국의 여당 당원을 비롯한 모든 여성은 남당에 대항해서 싸워야 합니다. 우리 여성은 단결하여 남자를 굴복시킵시다. 국회 폐쇄 국민 투표가 실시될 때까지 남자들과의 잠자리를 거부합시다. 대한민국 여성 만세!"

이런 성명이 나오자 마침내 모든 여자 유권자들이 박수를 치고 나섰다. 일부 남성들도 동조하기에 이르렀다.

"우리도 남자를 거부한다!"

여러 단체가 잠자리 거부 찬성 성명을 내놓았다. 특히 성매매로 지탄 받던 직업여성 단체도 성명을 내놓았다.

"이대로 가다가는 한국인 멸종사태가 올 거야."

"아이를 못 만들게 하다니."

"오래 살다보니 별 걸 다 무기로 삼는구먼."

잠자리 거부 시위는 엄청난 효력을 발휘하기 시작했다.

오혜빈 당선인을 구출하라

　여성 유권자들의 잠자리 거부운동은 급물살을 타고 전국으로 번졌다. 국회의 여성의원 103명 전원이 직접민주주의를 위한 개헌 추진위원회를 만들고 국민투표에 붙일 법안 초안 작성에 들어갔다.

　현행 개헌 국민투표법의 절차는 공고에서 확정 때까지 60일 정도를 요구한다.

　대통령이나 국회의원 과반수의 가결로 개헌 국민투표 발의를 할 수 있다. 20일간의 공고 후 국회의원 3분의 2 이상이 찬성하는 국회 의결을 거쳐 30일 이내에 투표가 실시된다.

가결되려면 국회의원 과반수가 참여하고 참여 유권자 과반수의 찬성이 필요하다. 그러니까 두 달 정도의 시간이 필요하다. 오혜빈 후보가 지시한 6월 안에 실현하는 것은 물리적으로 가능한 일이다.

"대한민국 헌법에 모든 권력은 국민으로부터 나온다고 명시되어 있습니다. 대한민국이라는 주식회사의 주주는 100% 국민입니다. 회사의 주인인 주주가 마음대로 회사 정책을 정하고자 하는데 반대할 명분이 어디 있습니까? 지금 대한민국이라는 회사는 수백조 원에 달하는 엄청난 빚을 지고 있습니다. 왜입니까? 회사운영을 잘못했기 때문입니다. 이제 주인이 자기 소유의 회사를 찾아서 직접 경영하겠다는데 누가 반대합니까?"

국회 여성의원회의 대국민 성명 중의 한 부분이었다. 여성의원들의 주장은 많은 국민의 동조를 얻었다. 전국 각 대학의 교수, 학생들이 찬성 시위를 벌였다. 심지어 고등학교, 중학교, 초등학교 학생들도 찬성 시위를 벌이는 웃지 못할 사태가 벌어졌다.

전국의 여론이 개헌 쪽으로 쏠리자 국회의 남성의원이나 남당에서도 방향을 바꾸자는 목소리가 힘을 얻기 시작했다.

자유연애주의와 동성애를 주장하던 강로리 지지자들도 개헌에 목소리를 보탰다.

마침내 국회에서 스스로 국회를 폐지하자는 개헌 국민투표
안을 상정하자는 목소리가 높아졌다.

그러나 반대의 목소리도 완전히 없어지지는 않았다. 의회주
의 수호연맹, 멘붕연대 같은 시민단체가 테러에 가까운 반대
운동을 벌이기 시작했다.

"오혜빈 당선인이 개헌 국민투표 지시를 철회하지 않으면
오 당선인의 목숨을 장담할 수 없다."

맨 먼저 드라곤 아이의 이름으로 된 성명서가 모바일에 올라
왔다.

"오혜빈 당선인은 우리 손에 있다. 만약 개헌안을 끝까지
고집하거나 물러날 대통령이 국민투표안을 발의한다면 비극
이 일어날 것이다."

의회주의수호연맹에서도 협박 댓글을 계속해서 올리고 있
었다. 그러나 국회와 청와대에서는 개헌 발의를 금명간에 내
놓겠다고 앞다투는 이상한 지경에까지 들어갔다. 모두가 여
론을 의식한 앞지르기 경쟁이었다.

이런 분위기가 계속되면 개헌 국민투표는 속전속결로 이루
어질 것 같았다. 가결되어 국회가 폐지되는 혁명적 정치변혁
이 일어나는 것은 시간 문제 같았다. 그러나 오혜빈 당선인
의 소재는 여전히 짙은 안개에 묻혀 있었다.

주경진은 외삼촌 추병태 사립 탐정의 카카오톡 문자를 받고 급히 사무실로 달려갔다.

"아저씨!"

주경진이 사무실로 들어서며 컴퓨터에 매달려 있는 추 탐정을 불렀다.

"응, 경진이 왔냐? 지수는 어디 갔니?"

"모르겠는데요. 지수도 부르셨어요?"

"아니. 나는 너한테만 연락하면 같이 올 줄 알았지. 바늘 가는데 실이 따라 가지 않아?"

추 탐정이 야릇한 미소를 띠며 말했다.

"저와 지수가 무슨 특수 관계라도 있는 듯이 잘못 알고 계시는데요."

"그럴까?"

추 탐정은 여전히 놀리는 듯한 미소를 머금고 있었다. 주경진은 추 탐정의 눈동자를 들여다보았다.

추 탐정의 머리 속에는 백상희와 김숙진의 얼굴이 떠있었다. 김숙진은 공대성 후보의 부인이었다.

"외삼촌, 무슨 단서를 찾으셨군요. 공대성 위원장 사모님은 언제 만났어요?"

주경진이 놀라는 표정으로 물었다.

"진짜 내 머릿속을 들여다보고 있는 게로군. 내가 김숙진

만난 것을 알아내다니. 그러나 만난 것은 아니야. 멀리서 보았을 뿐이지."

"어떻게 된 겁니까?"

주경진이 의자에 앉으면서 물었다.

"백상희를 만나러 갔다가 김숙진을 보았지."

"백상희와 김숙진 사모님이 서로 아는 사이인가요?"

"틀림없어. 내가 만나기로 한 호텔 커피숍에 들어갔을 때 둘이서 이야기를 하고 있다가 내가 들어가니까, 김숙진이 슬쩍 피했거든."

"외삼촌은 사모님 얼굴을 아세요?"

"대선 때 유세장에 나왔잖아. 웬만한 대한민국 국민이라면 거의 얼굴을 알 걸."

"그건 그러네요. 근데 뭐 건진 것이 좀 있나요?"

"건진 것? 너도 그런 품위 없는 말을 쓰냐?"

추 탐정이 얼굴을 찌푸렸다.

"죄송해요. 워낙 험한 정치판에 몸을 담다 보니까."

주경진이 얼굴을 붉히며 머리를 쓰다듬었다.

"하여튼, 오혜빈이 살아 있는 것은 틀림없어. 다만 어디서 어떤 상태로 있느냐가 문제야."

"확실한 생존 증거를 잡았나요?"

"백상희가 알려주었어. 자기도 장소는 모르지만 아직 살아

있다는 정보는 가지고 있다고 했어."

"수사본부에서도 알고 있나요."

"아직 모르겠어."

"백상희는 어떻게 알았대요? 처음 본 아저씨한테 그런 비밀을 털어놓는다는 게 이상해요."

주경진이 고개를 갸웃했다.

"백상희가 혹시 너를 짝사랑하는 것 아니니?"

추 탐정이 웃지도 않고 물었다.

"예? 아저씨도 참 백상희 나이가 얼만데요."

주경진은 무슨 비밀이라도 들킨 듯 심장이 갑자기 뛰었다. 주경진은 은근히 백상희를 좋아하는 감정이 가끔 솟아나는 것을 느끼고 있었다. 백상희도 주경진을 좋아하는 눈치를 만날 적마다 내비쳤다. 그러나 서로의 처지나 나이로 보아 사귄다는 것은 어림없는 일이었다.

주경진은 백상희에 대해 그냥 남다른 호감이 있을 뿐이라고 마음속으로 정리했다.

"어쨌든 너한테 그 정보를 꼭 전해 주라고 했어."

"제가 백상희를 만나봐야겠네요."

"만날 수 없을 거야. 어제 중동으로 떠났거든. 아부다비에 무슨 회의가 있다고 하던데. 내가 핸드폰으로 전화를 걸었더니 통화가 안 되더라고."

"그러면 김숙진 사모님도 오혜빈 당선인이 살아있다는 것을 알고 있겠네요."

주경진이 눈을 반짝였다.

"아마도. 그런데 누가 어디에 숨겨 놓고 있느냐가 문제야."

"만약 허연나 비대위원장이 관련되었다면."

"지금 진행되고 있는 단군 이래 최대의 대한민국 개조를 이룩한 뒤에 오혜빈 후보를 없애고 자신이 출마할 수도 있겠지."

추 탐정이 차분한 목소리로 말했다.

"허연나가 그 정도로 일을 꾸밀 대담한 여걸일까요?"

주경진이 고개를 갸웃했다.

그 때였다. 추 탐정의 피쳐폰 핸드폰이 울렸다.

"강 형사, 아니 강 과장이네."

추 탐정이 혼잣말을 하면서 전화를 받았다.

"뭐? 그게 정말이야?"

추 탐정이 놀라 눈을 크게 뜨면서 흥분했다.

제10 공화국 탄생

"수사본부의 강 과장이 뭔가를 알아냈군요."

주경진은 외삼촌 추 탐정이 흥분하는 모습을 보면서 같은 속도로 가슴이 뛰었다.

주경진이 들여다본 추 탐정의 눈동자 속에는 강 과장의 얼굴이 잠깐 스쳐가고 이어 뜻밖의 여자 얼굴이 떠올랐다.

- 양천수의 아내 박소진이?

"오혜빈 후보 납치 배후를 대강 알아냈나 봐. 내가 어제 수상한 배후 인물을 찍어주었거든."

"어떻게 아셨어요?"

"왕년의 실력을 발휘했지. 단서는 백상희한테서 얻었어."

"백상희가요? 한 패거리였나요?"

"패거리라니. 내가 저속한 말 쓰지 말라고 했잖아. 공범은 아닐 거야."

"오혜빈이 있는 장소는 어디예요?"

"그건 아직 몰라."

주경진은 추 탐정 사무실을 나서며 백상희를 만나야겠다고 생각했다. 그때였다. 핸드폰이 울렸다.

문지수였다.

"오빠, 중요한 정보가 있어요. 만나야 돼."

주경진은 얼굴을 찌푸렸다. 문지수가 만나자고 하면 부담스러운 마음부터 들었다. 또 바지를 벗으라고 할 것 같았기 때문이었다. 그러나 주경진은 거절하지는 못했다.

"어디서?"

"홈즈도 보러 갈 겸. ㅋㅋㅋ."

주경진이 숙소로 쓰고 있는 오피스텔에 도착했을 때 반려견 홈즈가 일어서서 춤을 추며 주경진을 반겼다.

"오빠, 어서와."

문지수는 주경진의 예상과는 달리 옷을 모두 입은 채 식탁에 얌전히 앉아 홈즈 간식을 들고 있었다.

"오랜만에 봤더니 홈즈가 얼마나 반가워하는지. 마침 오다가 애견 용품점이 있어서 간식 하나 사 왔어."

"근데, 중요한 정보란 거 뭐야?"

"어제 오혜빈 당선인의 방에 갔다가 이걸 발견했어."

문지수가 늘 들고 다니는 짝퉁 명품 핸드백에서 핸드폰 두 개를 꺼냈다.

"이게 뭐야?"

"뭔지는 모르겠는데, 통화 기록을 봤더니 드라곤 하고 통화한 기록만 여러 번 있어."

"드라곤? 오혜빈이 드라곤 아이와 직접 통화를 했단 말이야?"

"그런데 이게 누구 핸드폰인지 알 수 없어. 그리고 드라곤과 통화한 날짜가 당선인이 실종된 이후야. 어제 통화한 것도 있어."

주경진은 핸드폰을 들고 꼼꼼히 살펴보았다. 하나는 갤럭시4이고, 하나는 U+였다.

갤럭시에서 드라곤과 통화한 기록이 여러 번 있고, U+에서는 다른 전화번호가 발견되었다. 0016362로 시작되는 번호와 0016372로 시작되는 번호가 여러 번 나왔다. 통화 날짜는 최근 한 달 이내였다.

"드라곤은 드라곤 아이를 사칭하는 단체나 공갈범일 수도 있어. 그리고 이 국제전화는?"

주경진이 핸드폰을 열고 인터넷 검색을 시작했다.

"001다음 국가 번호는 63, 즉 필리핀이고, 다음 지역번호 62는 잠보인가라는 지역이고, 72는 페르난도라는 지역이야."

"오혜빈 후보가 최근 그 방을 사용하지 않았으니까 분명 이것은 허연나가 사용한 것일 거예요."

"핸드폰 배터리가 아직 많이 남은 걸로 보아 매일 충전을 한 거야."

"맞아요."

문지수가 상기된 얼굴로 다급하게 말했다.

"그렇다면 허연나가 오혜빈 납치사건을 알고 있거나 공범일 수 있다는 이야기군."

"그런데 왜 필리핀에 전화를 여러 번 걸었을까? 오혜빈이 필리핀에?"

주경진이 고개를 갸웃하자, 문지수가 생각난 듯 주경진의 어깨를 치며 말했다.

"허연나 총장의 딸이 필리핀에 영어 연수 가 있잖아. 딸과 통화했을 거야. 우선 이 핸드폰의 주인이 누구인지부터 알아봐야겠어."

"내 친구가 핸드폰 대리점을 하고 있는데 거기 가서 물어보자."

주경진이 핸드폰 두 개를 호주머니에 넣고 일어섰다.

"잠깐."

문지수가 주경진의 팔을 잡고 번개 같이 키스를 했다.

"갔다 와서 하자구."

주경진은 팔로 문지수의 허리를 감은 채 현관으로 끌고 나갔다.

주경진의 친구는 핸드폰의 전화번호와 소유주의 이름은 알아주었으나 더 이상 자세한 것은 알 수 없다고 했다. 번호나 이름은 모두 주경진이나 문지수가 들어본 적이 없는 사람이었다.

"이것은 대포 폰이야. 허연나 총장이 대포 폰으로 오혜빈 후보와 연락을 하고 있었으니 수사기관에서 눈치를 채지 못했을 거야."

"추 탐정, 아니 오빠 외삼촌한테 가서 의논해 보면 어때?"

"그럴까."

두 사람은 지하철을 두 번씩이나 갈아타고 추 탐정의 사무실로 달려갔다.

"음, 이건 통화 내용을 알아보아야 하는데 우리가 함부로 해서는 법에 저촉돼. 그렇다면 강 과장의 협조를 얻어야 할 것 같군. 같이 가지."

추 탐정은 벗어서 의자에 걸쳐 두었던 낡은 점퍼를 서둘러

입었다.

"지수도 같이 갈래?"

추 탐정은 문지수의 대답도 듣지 않고 횡 하니 밖으로 나가 택시를 불렀다. 주경진과 문지수도 뒤따라 뛰어나갔다.

이틀 뒤 추 탐정이 주경진을 급히 찾았다. 두 사람은 광화문 지하철역 간이커피숍에서 만났다.

"그 핸드폰은 여당 당원의 남편 명의로 되어 있었어. 물론 본인은 그 두 개의 핸드폰 존재에 대해서는 모르고 있더군."

"통화 내용을 알아냈나요?"

"드라곤하고 통화한 내용은 그냥 '이리로 와, 예' 그것뿐이 었어. 그런데 발신자도 전혀 본인이 모르는 대포 폰이더군. 다만 발신 장소가 모두 같은 여의도동 드라곤 트라이엄프 아파트야."

"거기가 바로 허연나가 사는 아파트입니다."

주경진이 흥분해서 소리쳤다.

"그리고 필리핀 통화 내용은 뭐였나요?"

"그것도 암호 같은 이야기야. 영어로 통화를 했는데, '며칠 까지 기다리느냐? 알았다. 26일까지야' 그런 내용이 있어."

"26일이라면 대통령 취임식 다음 날인데요. 혹시 오혜빈 당선인이 필리핀에 감금되어 있는 게 아닐까요?"

"음. 국내 상황이 다 끝난 뒤에 처리하라는 뜻일 수도 있구나."

"그럴 수도 있지요."

"분명 허연나의 아파트에 또다른 무슨 일인가가 있어요."

그때였다. 추 탐정의 핸드폰이 울렸다. 전화를 받은 추 탐정이 벌떡 일어섰다.

"가자. 강 형사가, 아니 강 과장이 드라곤 트라이엄프로 간대."

두 사람은 화급히 일어나 지하철 5호선을 향해 달려갔다.

여의도 여당(女黨) 대선 캠프가 있는 곳에서 채 1백 미터도 떨어지지 않은 드라곤 트라이엄프 초고층 아파트의 11층. 한국의 최상류층이 사는 고급 아파트답게 철저한 출입 보안이 되어 있는 곳이었다.

90평이 넘는 아파트의 한강 쪽 서재. 심각한 표정으로 여자 넷이 앉아 있었다.

서재의 주인 자리인 가운데 의자에 허연나가 데스크 탑을 등 뒤로 한 채 돌아앉아서 세 사람 앞에 고개를 숙이고 앉아 있었다.

"우리 집에서는 안 됩니다. 차라리 저를 죽이세요."

허연나가 울먹이며 말했다. 드라곤 트라이엄프 11층은 허연나가 3년째 살고 있는 의사였던 남편과 이혼하면서 받은 아파트였다.

아파트 규모가 90평이나 되어 처음 가 본 사람은 구조를 잘 모르면 어디에 무슨 방이 있는지도 찾기 어려운 곳이었다.

허연나 비대위원장의 맞은편에 앉아 회의를 주도하고 있는 듯한 여자는 양천수의 아내 박소진이었다. 그 옆에서 잔뜩 긴장한 얼굴로 있는 또다른 여자는 공대성의 첫 애인 조연하였다. 다음 빨간색 원피스 차림에 화장을 진하게 하고 있는 여자는 공대성의 처제이며 섹스 파트너인 김하진이었다.

공대성의 숨겨둔 연인 두 명, 그리고 정적인 여당의 제2인자인 허연나, 서로 전혀 관련이 없을 듯한 양천수의 아내 박소진, 이렇게 네 명이 무슨 연유로 한자리에 모여 심각한 음모를 꾸미고 있는 것일까?

"이제 우리가 계획했던 목표가 눈 앞에 다가왔어요. 우리의 멘토 공대성 의장을 대통령으로, 양천수 대표를 국무총리로 하는 세계 최초의 유토피아 공화국이 탄생하는 데 마지막 마무리를 깨끗하게 해야지요."

박소진이 진지한 어조로 말했다. 이 사건을 주도한 사람인 것 같았다. 모바일 공화국을 만들어 공대성을 대통령으로 선출되게 하고 실제 국가를 통치할 사람은 양천수가 되도록 모의를 한 것 같았다. 그렇다면 가장 큰 장애물인 오혜빈 당선인을 제거해야 했다.

 이들이 생사를 두고 의견을 달리 하고 있는 상대는 오혜빈 당선인이었다. 박소진의 지휘 아래 우선 김마리를 제거하고, 오혜빈 당선인을 납치한 뒤 오혜빈의 이름으로 국회 폐지, 화폐제도 폐지를 비롯한 모바일 공화국으로 가는 길을 닦은 뒤 여당의 제1인자 오혜빈, 제2인자 김마리, 제3인자 허연나를 제거시키면 다음 대선에서 공대성이 당선되는 것은 당연한 결과였다.

 이 엄청난 음모를 성사시키기 위해 양천수와 공대성이 손을 잡았다. 그리고 그 행동대원들이 바로 여기 모인 네 사람이었다. 남자를 배제시키고 특수 관계에 있는 여자들만으로 조직을 만든 것도 비밀 유지를 위해 머리를 굴린 결과였다.

 오혜빈 납치는 등잔 밑이 어둡다는 말을 실감하게 하는 사건이 되었다. 오혜빈이 인질로 감금되어 있는 장소는 바로 대선 캠프 옆인 허연나의 집이었다. 가장 신임하는 제2인자 허연나의 집이 오혜빈의 감금 장소라는 것은 누구도 예측할 수 없는 묘수였다.

 이제 곧 국민투표가 실시되어 모바일 공화국을 실현하기 위한 법적제도가 모두 완성된다. 그런 다음 오혜빈을 없애고 대선을 다시 실시하면 공대성이 당선될 것은 삼척동자라도 예측할 수 있는 정치 상황이었다.

"정 그렇다면 오 당선인을 외국으로 보냅시다. 밀항으로 먼 곳에 보내 다시는 돌아올 수 없게 할 수도 있지 않습니까? 필리핀 반군에게 보내서 제 딸과 교환해도 되지 않습니까?"

허연나가 다시 사정하듯이 말했다.

"다시 돌아올 수 없도록 보낼 외국이란 지구상에 북한 한 곳 뿐입니다. 그러나 그렇게 되면 오혜빈이 벙어리가 되어야 한다는 말인데."

"여기서 오혜빈의 입을 영원히 봉하지 않으면 우리는 무덤을 파는 셈이 되어요. 이제 끝내자구요."

김하진이 목소리를 높였다.

"아직 죽여서는 안 됩니다. 국민투표법이 완전히 통과되어 공표될 때까지 오혜빈은 국가를 통치해야 합니다. 얼굴 없는 대통령으로 좀 더 살아있어야 하거든요."

조연하가 조용히 말했다.

"이 장소가 언제까지 안가 역할을 할 것 같습니까? 벌써 눈치 챈 사람이 있을지도 몰라요."

그러나 일을 주도하고 있는 박소진은 강력하게 제거를 주장했다.

"만약 오혜빈이 살아나가면 우리는 어떻게 됩니까? 이제 오혜빈이 세상에 나타나지 않아도 국민투표는 진행될 것이고 새로운 제10공화국이 탄생하는 것은 필연적입니다. 공대성 대통령 시대가 열리고 대한민국은 양천수 천재의 두뇌로 개혁될 거예요."

그러나 긴장해서 얼굴이 하얗게 된 허연나 비대위원장은 울먹이기 시작했다.

"우리 집에서 죽이지는 마세요. 차라리 내가 없을 때 다른 곳으로 데리고 가세요."

"지금까지 여기 가두어 두었는데 다른 곳에 가서 죽인다고 허 총장이 무사할 것 같아요? 이 중에 누구든지 입만 열면 모두 같은 운명이 됩니다. 이 일은 영원히 역사 속에 묻히게 해야 해요."

박소진이 다시 다짐했다.

그때였다. 갑자기 벼락 치는 소리가 들리더니 여자들이 앉아 있는 서재 창문이 박살나면서 발끝에서 머리까지 중무장한 군인들이 들이 닥쳤다. 하늘에서 창문을 뚫고 들어왔다.

"모두 꼼짝 마라! 움직이면 죽는다."

동시에 여섯 명의 무장병이 서재로 뛰어들며 기관총을 들이댔다. 무장 병들은 아파트 상공의 헬리콥터에서 밧줄을 타고 내려와 창문을 박차고 들이닥친 것이었다. 동시에 다른 쪽 문에서도 무장병들이 우르르 몰려들었다. 반대쪽 창문을 부수고 동시에 침투한 것이다.

여자들은 혼비백산하여 소리도 지르지 못했다. 무장병들이 여자들을 벽쪽에 나란히 앉혔다. 삽시간에 서재는 10여 명의 무장병이 점령했다.

지휘자가 물었다.

"우리는 테러 진압 특수부대 요원들이다. 오혜빈 대통령 당선인을 구출하러 왔다. 당선인은 어디에 계시냐?"

그러나 여자들은 얼굴이 하얗게 변한 채 모두 입을 굳게 다물고 아무 말도 하지 않았다. 그러는 동안 민간 복장을 한 사람이 들어왔다.

"당선인은 구출되었다. 무사하시다. 다른 방에 감금되어 있었다. 이 여자들은 일단 부대로 연행하라."

오혜빈 당선자는 납치 34일 만에 극적으로 구출되었다.

주경진은 추 탐정과 함께 택시를 타고 여의도로 가면서 문지수에게 전화를 걸었다.

"빨리 여의도 허연나 아파트로 와요. 허연나 아파트 알지요? 드라곤 트라이엄프 11층."

주경진은 이어 추 탐정에게 다시 질문을 했다.

"백상희는 허연나 집에 오혜빈 후보가 있다는 것을 어떻게 알았대요?"

"백상희가 옛날 공대성 의원의 비서실에서 근무했다는 것은 알지? 그래서 공대성 의원의 부인 김숙진 여사와 아주 가깝지. 신상문제가 있을 때마다 만나서 털어놓고 의논하는 사이야. 공대성의 남편이 첫사랑 여인 조연하나, 동생인 김하진과 육체관계를 맺고 있는 일 때문에 늘 고민해 왔거든. 그래서 항상 사람을 풀어 조연하와 김하진의 동정을 살피고 있었지. 그런데 최근에 두 사람이 허연나를 만나기 위해 여의도 드라곤 트라이엄프에 자주 드나드는 것을 알아냈지.”

“그런데 허연나는 왜 그 일에 가담을 했습니까?”

“협박을 받은 것이지. 허연나가 오래 전에 이혼하고 혼자 딸 하나를 데리고 산다는 것은 알지?”

“예. 필리핀에 가서 어학원에 다닌다고 하더군요.”

“공대성 측에서 딸을 인질로 잡았지. 필리핀 반군조직을 매수해서 인질로 삼았어. 만약 말을 듣지 않으면 딸을 죽이겠다고 위협했지.”

“나쁜 인간들. 모성애를 잔인하게 범죄에 이용했군요. 근데 그들의 계획은 무엇이었어요? 정문오 위원을 총리로, 양천수 대표를 모바일 제어본부 장관 겸 부총리로 임명하려고 한 것이 이해가 안 가요.”

주경진과 추 탐정이 여의도 드라곤 트라이엄프 아파트 앞에 도착했을 때 문지수는 이미 와 있었다.

“벌써 왔군.”

주경진이 말을 건네자 대답할 틈도 없이 문지수가 핸드폰을 귀에 가져다 댔다.

"예. 그리로 가겠습니다."

문지수가 대답을 하고는 급히 돌아서서 아파트 안으로 뛰어 들어가며 말했다.

"오빠, 당선인이 날 찾아서 빨리 가봐야 돼. 이따가 봐."

주경진은 달려가는 문지수의 뒷모습을 보면서 처음으로 섹시하다는 생각이 들었다.

"근데, 외삼촌. 네 여자는 각각 입장이 다른데 어째서 한 패가 되었어요?"

"허연나는 딸 때문에 어쩔 수가 없었지. 이 일을 꾸민 사람은 조연하와 김하진이야. 오혜빈을 대통령에 취임하지 못하게 하려는 것이었어. 새로 대선을 치르면 여당의 2인자인 김마리가 강적이 될 것 같으니까 제거한 것이고, 허연나는 저렇게 되면 출마할 수가 없게 되지. 그리고 정문오를 여당에서 총리로 지명하여 흠집을 내 대선에 못 나오게 하려는 작전이지. 그러면 다음 대선에서 공대성이 당선될 확률이 90% 아닌가?"

"그럼 박소진은 왜 뛰어들었어요?"

"박소진과 남편인 양천수는 대통령 같은 것은 관심이 없고 모바일 공화국을 만드는 것이 꿈이었거든. 오혜빈 후보가 자기를 입각시켜 그 일을 시키지 않을 것이기 때문에 이쪽의 유혹에 합세한 것이지."

"그렇군요."

주경진이 고개를 끄덕였다.

"마지막에는 오혜빈 당선인을 없애고 납치 사건은 영구 미제로 남게 하려는 것이었지. 그리고 대한민국을 두 사람의 손아귀에 넣으려는 것이었어."

"드라곤 아이라는 아이콘도 드라곤 트라이엄프에서 따 왔겠군요. 상상력 부족이야. 더 좋은 아이콘도 있었을 텐데."

주경진은 혼자 고개를 끄덕였다.

그리고 속으로 다짐했다.

- 세상은 내가 원하든 안 하든 바뀐다. 이 거대한 역사의 흐름을 누가 막을 것인가. 국가도 정치도 진화한다. 몇 사람이 자기 욕심을 채우려고 발버둥을 쳐도 도도한 역사의 흐름을 막을 수 없다. 인류는 그렇게 변해 온 것이다. 그러나 단 한 가지의 진리, 남자와 여자는 변하지 않는 신의 법칙으로 만들어졌다. 정치나 제도 따위로 바꿀 수 있는 것이 아니다. 빨리 남당 사무실에서 뛰쳐나와야겠구나. 나의 서툰 독심술도 이제 집어치워야겠다. 아, 갑자기 문지수가 보고 싶다.

에필로그

　대통령 당선인을 납치하고 집권당의 제2인자를 살해한 배후는 공대성으로 밝혀졌다.

　공대성은 살인교사, 납치 지시 등으로 박소진, 조연하, 김하진은 살인, 납치 감금 등 혐의로 구속되었다.

　허연나는 딸이 인질로 잡혀 있어 어쩔 수 없었다는 점이 참작되어 불구속 수사를 받았다.

　그러나 양천수는 수사를 받는 중에도 오혜빈의 모바일 공화국 건설에 머리를 빌려 주었다.

　오혜빈 후보는 취임식 하루 전날 극적으로 구출되어 2018

년 2월 25일 대한민국 제19대 대통령 취임식을 가졌다.

취임식은 청와대 뜰에서 국무위원들과 가까운 친인척 등 1백여 명만이 모인 자리에서 거행되었다.

짙은 남색 치마, 옅은 오렌지색 저고리와 흰색 동정 위의 오혜빈 대통령 얼굴은 평온하고 우아하게 보였다. 34일 동안 납치 감금되었던 흔적은 어디서도 찾을 수 없었다.

5천만 국민은 모바일로 대통령 취임식을 지켜보고 있었다. 외국에서 온 축하 사절들도 자국의 대사관 사무실에서 모바일로 취임식을 지켜보았다. 모든 국민은 자신이 이제부터 이 나라 국회의원이라는 자부심을 느꼈다.

오혜빈 후보는 취임사에서 이번 정부를 'SNS 정부'로 명명했다. 그리고 선거공약대로 국회폐지, 화폐제도 폐지, 주민등록증을 비롯한 모든 신분과 금융계좌를 모바일 한군 데로 통일하는 획기적인 제도개혁을 충실히 이행할 것이라고 선언했다.

그 해 5월 25일. 대한민국에서는 마침내 세계 유일의 최첨단 국가인 SNS공화국, 제10공화국이 실현되었다.

끝

여자 대통령

2013년 11월 5일 초판

지은이 /이상우
발행처/ 문지사
발행인/ 홍철부

등록일자 1978년 8월 11일
출판등록 제3-50호

주소 / 서울특별시 은평구 갈현동 423-16
전화 영업부 02)386-8451(대)
　　　편집부 02)386-8452
　　　팩 스　02)386-8453

값 13,500원

* 잘못된 책은 구입한 곳에서 바꾸어 드립니다.